◎一代大哲◎　方東美先生

方東美◆全集

堅白精舍詩集

方東美◎著

記事珠

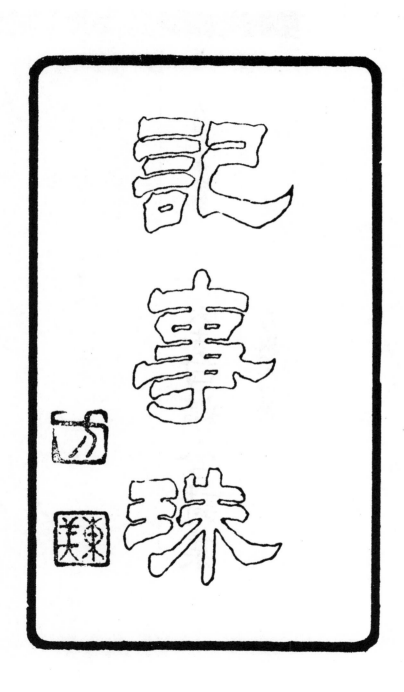

弁言

一、本集根據方東美先生詩詞手稿所編。

二、本集取名「堅白集」，蓋以先生曾顏其詩詞稿為「堅白精舍詩集」。堅白之意蓋取自論語。

三、遵　先生之遺命本集對於　先生原手稿略有刪訂；全集分為「詩集」、「詞集」及「散稿拾零」三部份，為保留　先生手跡真象，全部影印出版。

四、「堅白集」原稿為六卷，其中「詞」約九十首，皆為　先生親筆手稿，並由　先生依年代次序編定。「散稿拾零」部份乃　先生晚年之作，經搜集並依年代編輯。其手稿無法獲得者則以鉛印出之。

五、原見「堅白集」中「詞」稿仍照原秩序印行，唯又重行彙集於「詞集」部份中，蓋以見於「堅白集」中之「詞」稿已經　先生按年編訂，對於研究　先生之言行際遇實關重

要也。

六、本集目錄為保留　先生親筆手跡，有影印部份及排印部份。全部目錄亦依年編訂，並經先生長公子天華作「後記」，以覘　先生作詩詞時之興會與經過。

七、先生詩詞之寫作可分為五期，一、入蜀以前（對日抗戰之前）二、居蜀時期（抗戰期間）三、回京以後（抗戰勝利後）四、在臺時期五、晚節留香時期。寫作每反映時事之變遷，先生亦曾加注說明。書後附錄「人名簡介」以便讀者參考。

方東美先生全集編纂委員會　謹識

民國六十六年十二月

廣大和諧的哲學境界

——《方東美全集》校訂版介紹

傅佩榮

方東美先生（一八九九～一九七七年）自幼學習中國經典，進入大學後開始研究西方哲學。二十五歲在美國念完博士後回國教書，直至七十七歲因病而止。

五十二年的教學生涯，表面上是單調而規律的講課、閱卷、評分、口試，其核心則是一位早熟哲學家的思想體系日益在擴展。所謂「早熟」，是說方先生對於「哲學」這門學問，包括中國的、西方的、印度的，在他三十餘歲的青年階段就已經悟得清晰的定見。正是「得其環中，以應無窮」，宛如同心之圓，其範圍可以無限擴大，「萬變而不離其宗」。

方先生親自撰寫的著作並不多，只有三種中文的（包括論文集），三種英文的（也包括論文集），以及一本詩集。占全集最大篇幅的，是他晚年在輔大哲學系的上課錄音筆記。現在中文全集共有十本十三冊（其中三本分上下冊），重新校訂出版。今以半年時間校對全集，希望減少手民（其實是先後期的同學們）的舛誤，以稍盡對方老師感恩之情。以下介紹全集中的八本書，以方便讀者了解各書梗概。《中國哲學之精神及其發展》另有精采譯序，《堅白精舍詩集》亦非旁人所能介紹，尚請讀者自行玩味。

以下八本書依序為：

（一）《中國人生哲學》
（二）《科學哲學與人生》
（三）《生生之德》（論文集）
（四）《方東美演講集》
（五）《原始儒家道家哲學》
（六）《中國大乘佛學》（上下冊）
（七）《華嚴宗哲學》（上下冊）
（八）《新儒家哲學十八講》

一、古典的人生哲學

方東美先生常說中國文化是「早熟的」，意思是：與其他古代民族相比之下，中國很早就發展出系統完備的思想。譬如，我們在紀元前十二世紀，就有周公制禮作樂，展現高度的人文精神。此一人文精神後來由儒家、道家、墨家等學派繼承發展，演變為中國特有的文化景觀。

依我所知，方先生自身也可以稱為「早熟的」哲學家。他在三十八歲時（一九三七年）發表了「中國人生哲學」的公開演講，內容涵蓋了宇宙觀、人性論、生命精神、道德觀念、藝術理想與政治信仰。將近二十年後，亦即一九五六年，他以英文撰寫「中國人生觀」。雖然他強調這本英文著作的內容「均經大幅度的修改與增補」，「不只在語言表達上是新的，在基本材料上也是新的」，但是讀者不難發現此書的主要篇章與前書相同，而主要觀點也沒有太大的變更。這種情況就像環繞一個同心的圓，核心未改，而外圍的涵蓋面越來越大，並且逐步撐起了一個立體的架構，最後成為體大思精、周遍含容而一以貫之的系統。

那麼，中國先哲的代表是誰？他們的古典人生觀有何特色？方先生並列儒家、道家與墨家，視之為三大宗：老子論道，孔子談元（易經上乾元坤元之元），墨子主愛。他們對宇宙的共同看法有三：一，宇宙不僅是機械物質活動的場合，而是普遍生命流行的境界。亦即，宇宙是一個包羅萬象的大生機，無一刻不發育創造，無一地不流動貫通。二，宇宙是一種沖虛中和的系統，其形質雖屬有限，而功用卻是無窮。亦即，我們觀察宇宙時，發現萬物互相感應，彼此全無阻隔，生出無窮的和悅之氣。三，宇宙若究其根底，多帶有道德性和藝術性，故為價值之領域。亦即，人類在發揮潛能、實現本性時，將在宇宙中找到至善與盡美的根源。換句話說，人類應該努力使天國在人間實現，而不必鄙視人間，另立一個超自然的天國。

接著，先哲的人性論有何主張？人類以「心的體用」為主腦，尋求「理與情」的交融互攝。在理方面，要「正心盡性，誠意致知」；在情方面，要「存心養性，達情遂欲」。由此展現了：老子的慈惠，孔子的忠恕，墨子的愛利。深入剖析人性，則有以下五點內容：一，心善論是先哲共信的假定；二，性善論「以性承心，更以心繼天，天以生物為心，故純是善，而性順從天心，萬無惡理。」方先生認為這種說法最為可取。三，意與知，是理之昭明靈覺處，「從來沒有人把它們當作惡看」。四，至於情，則性與情相為表裡，孟子「是以性善勝情，情必從之，性既全善，則情亦無不善了。」五，欲惡論則是普遍流行的說法。方先生認為各種人性論之間的衝突矛盾，「都是由方法學的缺點產生出來，畢竟有法可以避免。」他個人的看法則是：「不難由天地生物之仁心以推測人心之純善，更從人心之純善以論人性之完美。」

於是，中國哲學的一貫精神在於：「把宇宙與人生打成一氣來看」。大人或聖人，則是「與天地合德，與大道周行，與兼愛同施的理想人格。」方先生後期講學經常引用李白的一句詩，「攬彼造化力，持為我神通」，就是要吸取宇宙生生不已的造化力量，做為我精神活動的基礎；或者說是，要以個人小我的努力，參贊化育，安頓人間。

因此，道德的極致是推己及人，再及於萬物。藝術則是「從體貼生命之偉大處得來的」，因為生命總有其可觀之處，而人類的創造力也不會終窮。然後，將這一切落實於政治上，則國家成為「一種悠久的道德場合」；於是，先哲的政治信仰「是以德治為最理想，禮治次之，再不得已而思其次，法治尚較術治高明百倍。」

以上所論皆有根據，但是方先生最後忍不住要問：「我們民族原是天才民族，我們的天才埋沒到哪裡去了？」省思之餘，我們不覺得自己肩負著偉大的使命嗎？

二、西洋哲學的演變

方東美先生留學美國三年（一九二一～二四年），取得博士學位後，回國開始教書，時年二十五歲。他於二十八歲時在中央政治學校兼任一門「近代西洋哲學」的課；後來又在中央大學講授「科學哲學與人生」一科。他最早出版的一本書，名稱就是《科學哲學與人生》（一九三六年出版）；但是內容只包括計畫中的前五章（尚有十七章未寫），亦即他講「近代西洋哲學」的部分。

首先，依例要簡介哲學是怎樣的一門學科。他以科學與哲學對照比較，指出四點：一，科學不盡是具體的；哲學不全屬抽象的。只要是人類理性所開發的知識，皆有具體及抽象的雙重性。二，科學的進步是由衝突中掙扎出來的；而哲學並非循環不已的私見。這兩者皆有自我批判性，並且不斷在改善之中。三，科學或失之武斷；哲學常重視批評。四，真確的知識皆有實踐性，科學如此，哲學亦然。

其次，人對於自身處境皆有認識的願望，並且在人生飽經歷鍊之後，會有情感的蘊發。這兩者聯繫起來，獲得完整的概念與系統的說明，即是哲學的起因。當然，由時代的發展看來，人類走出神話的天地，開始用理性來思索宇宙及人生的問題，就揭開哲學史的序幕了。

西洋哲學始於希臘，在探討宇宙萬物的起源時，以經驗所及的物資（如水、氣、火等）來解釋，由此擺脫了神話時代。方先生稱此為「物格化的宇宙觀」，「物格」表示與神格、人格不同，顯然會側重物質而忽略精神。自然科學依此大有進展，但是人生價值反而淪為疑惑。這種宇宙觀引起兩種反動：一是人本主義，亦即辯士學派所標舉的：「人是萬事萬物的權衡。」但是，這裡的「人」如果只是「個人」，而此一個人又依「感覺」為其依憑，則人類社會豈不難逃混亂？於是，經由蘇格拉底的努力，推出第二種反動，就是：目的的唯神論。他的主張是：「神是造物主，是一切價值的保障者。惟其有神，所以世界上各種事象都有一個合理的結構、至善的歸宿。」

接著上場的是柏拉圖，他提出法相界（或稱理型界），做為現象界的原始典型，使變化無已的萬物獲得起源與歸宿，尤其是人生行止對價值的企求與嚮往，也找到了至善至美的統會。如此一來，出現了上層世界與下層世界之間的「分離」。到了亞里斯多德，雖然想以「形式與質料」，「潛能與實現」的雙重角度，來解說上下層世界的聯繫，但是基本取向仍是重上輕下，無怪乎中世紀以宗教為主導的哲學會欣然接受亞氏的啟發了。

方先生當時對中世紀只是一筆帶過，他說：「一千年間人類各方面之活動無顯著之進步者，其由來已久，非一日矣。」然後，他集中探討近代哲學，展示了豐富而完整的學術功力。近代歐洲在天文學上、史地上、政教上一新耳目，其自然科學的成就，「把我們從希臘形體有限的宇宙中解放到意味無窮的宇宙裡，拓展我們智力的活動」；「把我們從聽天由命的迷夢中驚醒到戡天役物的意境裡，提高我們生活的情趣。」不過，這樣的宇宙觀雖合乎科學研究所需，但難免陷入唯物論與機械論的網羅中。

繼之而起的是生物學上的演化論，歸結為尼采的超人哲學。方先生引述尼采所言：「同胞，快把你們的精神，你們的德業貫注於人間世！用你們的威權，重新估定一切價值！努力做個健者！努力做個創造者！」

最後，在分析人性時，方先生介紹了機械主義的心理學與動性心理學。後者受生物學啟發，較為可取，亦即以人性為整全的、豐富的、可塑的，並與社會相依存。由於方先生此書只是計畫中的前五章，所論無法盡興。他的計畫若能完成，則當另有三本同樣份量的書。整體看來，方先生討論西洋哲學，常能準確把握要點，又能全盤觀照，評估其得失。國人若想學習西洋哲學，必將於此書獲益無窮。

三、生生之德的奧妙

方東美先生從二十五歲開始教哲學，五十二年未嘗間斷。他所寫的單篇論文合成一書，名為《生生之德》。「生生」一詞，取自易經中的乾元大生與坤元廣生，代表宇宙萬物生生不已，人類由此體認自強不息與厚德載物，充分發揮天賦的德行，追求和諧圓融與至善盡美的境界。

這本書大體是依論文撰寫的年代編成。第一篇是「易之邏輯問題」，探討易經的六十四卦構成的方法。方先生批判歷史上具有代表性的京房、荀爽、虞翻這三家所主張的卦象演變程序，再提出他的一套邏輯，亦即設定「歧出、疊現、相索、觸類、引申」五個步驟，希望完滿說明全部卦象形成的理由。對於不太熟悉易經的讀者，這篇文章是既專業又枯燥的。

第二篇論文是「生命悲劇之二重奏」。方先生在文中表示：「乾坤一戲場，生命一悲劇！平生最服膺此兩句名言，故立論持說時常以此為譬喻。」他所謂的二重奏，是指希臘悲劇與近代歐洲的悲劇而言。前者描述人類對抗命運時，不覺激發偉大的情操；後者則依託人的理性，企圖說明人生的複雜及矛盾，而結果卻遁入虛無主義的陷阱。論及西方悲劇的哲學意涵者，本文可謂學界翹楚。

接著上場的是「生命情調與美感」，以及方先生早年在哲學界的成名之作：「哲學三慧」。這二篇論文的內容一繁一簡，而主旨相同，都是在對照比較「希臘人、近代歐洲人、中國人」這三者的宇宙觀與生命情調。希臘人「以實智照理，起如實慧」，「演為契理文化，要在援理證真」；歐洲人「以方便應機，生方便慧」，「演為尚能文化，要在馳情入幻」；中國人「以妙性知化，依如實慧，運方便巧，成平等慧」，「演為妙性文化，要在挈幻歸真」。由這幾句話可見作者畫龍點睛的功力，亦可略知他如何評估三大文化源流之優劣，以及未來人類應有之走向。

第五篇是「黑格爾哲學之當前難題與歷史背景」，這是全書份量最重的文章，約占全書四分之一篇幅。本文的副標題是：「借題發揮，論『系統建立』與黑格爾『系統哲學』，暫使我國數十年來科學與玄學，實徵論與唯心論之論爭告一結束。」作者意圖透過從康德到黑格爾的發展，說明科學與哲學各有理據，無法互相化約或彼此取代。文中討論足以使人大開眼界，讚嘆哲學之深刻及高明。

第六篇到第十篇，是方先生一九六〇年代以來應邀發表於國際學術會議的論文，所以都用英文寫成，再由學生輩譯為中文。第六篇題為「從比較哲學曠觀中國文化裡的人與自然」。西方有分離主義傾向，中國則顯示融貫主義；作者說：「一個中國的學者，如果他沒有超然的思想，沒有宗教的至誠，沒有生命實證的道德意識，將不會被尊敬為一位純正的雅儒。」第七篇是「中國形上學中之宇宙與個人」，談到儒、道、佛三家的基本主張，皆在點化現實世界，成為理想型態，納於至善完美之最高價值統會。

第八篇題為「從宗教、哲學與哲學人性論看『人的疏離』」，作者在此文中，畫了一個「人與世界在理想文化中的藍圖」，展示人生的九層境界，亦即：自然人、行動人、理智人；藝術人、道德人、宗教人；高貴人、神性人，奧妙難解的神明境界。依此昇進，將可化解人的異化或疏離困境。

第九篇題為「從歷史透視看陽明哲學精義」，對王陽明的思想要點皆剖析入微，並有獨到之見解。最後一文是「詩與生命」，是作者應台北第二屆世界詩人大會之邀，所作的開場致詞，其中會通詩境與哲思，藉司空圖《詩品》中的「勁健，雄渾，流動及高古」來分別描繪儒、道、佛三家的意境，彰顯了豐富而奧妙的人文理想。

方先生的論文集代表他學術研究的重要成果，每一篇都值得細讀及省思，否則將會錯過當代大儒的智慧結晶。

四、哲人的演講

在方東美先生的全集中，最能引發一般讀者興趣的，或許是他的「演講集」後面所附錄的短文，其目錄為：一，傳燈微言（方先生在退休茶會上的感言）；二，全國再抗日座談會談話（中日斷交之後的警語）；三，苦憶左舜生先生（副題是：因及少年中國學會二三事）；四，羅家倫先生紀念談話；五，段錫朋先生紀念談話。

從這幾篇文章中，我們知道方先生大學時代參加五四運動與少中學會的細節，以及他與同代友人互相往還的真情告白。他在《哲學三慧》中說：「中國大患在無動機純粹用心專一之學者。……猶幸中國偶有隱逸者流間世一出，不受實際政治支配，孤寄冥往，潛心學理，學術生命之不絕，獨賴有此耳。」方先生自己即以這樣的「學者、隱逸者」自期。這是我們可以肯定的。

然而，他在演講集中的首篇，「中國哲學對未來世界的影響」中，最後發抒感懷說：「這一份情緒，幾十年鬱積在心裡面，……在我個人生命是一個慘痛的失敗！在國家民族生命則是一個慘痛的遭遇。」他眼見時代的困境，亦即「中國民族的哲學在乾嘉時代就死亡了！一直到民國時代都沒有復興。」既然如此，中國要拿什麼哲學去影響世界的未來呢？他在此文中，再度詳細解說「人與世界的關聯圖」。他在早期「中國人生哲學」的演講中，談到中國先哲時，指出：「他們遭遇民族的大難，總是要發揮偉大深厚的思想，培養溥博沈雄的情緒，促我們振作精神，努力提高品德；他們抵死要為我們推敲生命意義，確定生命價值，使我們在天壤間腳跟站立得住。」而方先生自身正是這樣的中國哲人。

第二篇演講是「中國哲學之通性與特點」。所謂通性，是說儒、道、佛三家都對宇宙及人生採取「一以貫之」的觀點，求其周遍含容，形成完整的系統；其次，則是發展出各自的

「道論」；最後，共同肯定了「人格超昇的理想」。至於特點，則作者強調：「儒家意在顯揚聖者氣象，道家陶醉於詩藝化境，佛家則以苦心慧心謀求人類精神之靈明內照。」這三者合而觀之，則是「聖人、詩人、先知」的三德合體，正是人類的共同嚮往。

接著兩篇題為：「原始儒家思想之因襲與創造」，「儒家哲學——孔子哲學」。方先生暢談他對中國哲學（尤其是儒家）的起源的看法。他認為，中國哲學的起源有二：一是尚書洪範篇；二是周易經傳。前者揭櫫一種「皇極」（大中，亦即絕對正義）的永恆理想；後者藉由易經生生不已的變化，啟發人類「窮則變，變則通，通則久」的處世智慧。這雙重起源，使孔子可以承先啟後，提出一套完美周全的人文主義，既可忠恕待人，又可上契天命。

最後三講是：「漫談文化問題」、「教育與文化」以及「當前世界思潮概要」。這三講對於近代以來人類的處境作一描述，譬如佛洛依德所謂的三重革命，亦即天文學、生物學、心理學對人類產生極大的打擊與沈重的壓力，那麼人類何去何從？西方自顧不暇，我們也唯有自立自強，而教育則是扭轉乾坤的利器。然而，我們在台灣卻缺少一套獨立的教育政策，無法擺脫「忘本」的形勢，亦即對於自身的哲學、藝術、文學並不重視，根本忘了祖先的天才與成就，這是最大的遺憾。

他在紀念羅家倫先生時說：「我在台大教了近三十年的書，在台灣做大學校長的似乎不只知逢迎上司，而對學問更能重視的又有幾位？」台灣有「文化沙漠」之稱，應該也不是一件偶然的事。方先生是純正的學者，在他的本行中負起承先啟後的責任了，但是整個大環境卻如江河日下，使中國哲學的精采內涵無由推廣普及於社會。閱讀方先生的書，對個人而言足以燃起愛慕文化的熱忱，對社會而言則是厚植心靈能量與信念的轉捩點。

五、原始儒家與道家

方東美先生自台大退休後，應聘為輔大講座教授，從民國六十二年九月起，開始講授中國哲學，直至六十五年十二月因病住院而停止。這一段時間的上課內容，經過錄音筆記，集結為四本書，依序為《原始儒家道家哲學》、《中國大乘佛學》、《華嚴宗哲學》與《新儒家哲學十八講》，總計約百萬字。

談起中國先秦的哲學，體系完整而境界高超者，自以儒家與道家為代表。方先生特別標舉「原始」一詞，意在展現其原來面目與基本精神。以儒家而言，側重於其思想起源，由《尚書．洪範》與《周易》（包括《易傳》）入手，說明永恆理想與變遷世界如何雙軌並立，由此安頓人生，求其長治久安。至於道家，則直接依《老子》與《莊子》，剖析其立論，重構其體系。以下稍作引申。

首先，中國哲學的特色是把存在的領域聯繫貫通為一個完整的系統。既不忽略人的核心地位，也能兼顧宇宙大化流行，同時還為人的精神保留了無限提升的空間，使人可以成為聖賢（儒家），或成為詩人（道家），或成為先知（佛學）。換言之，總是要讓人在生命過程中，實現更高的價值，由此彰顯人類生命的特殊意義。

《尚書．洪範》是中國古代的啟示錄，亦即神明昭告古代帝王如何治國的道理。基本觀點為「德治」，天子代天行教，以九大範疇來建立人間秩序，而其關鍵在於「皇極」。皇極所稱為「大中」，代表絕對正義，要由天子來體現。方先生指出，文本中有「惟辟作福，惟辟作威，惟辟玉食」，而漢儒多以「辟」為「君」，好像認定帝王應該「作威作福」。這正好扭曲了大中的意義。所謂「辟」，是指「僻」（邪僻之人），是嚴肅警告想要作威作福的帝王。一字之解，肯定了「天子作民父母」的美好理想。政治不離教育，要讓全民一起修德行善，嚮向高雅的境界。

「皇極」象徵人間的永恆嚮往，但是賦予天子的責任過重，甚至無以防備天子失德的客觀史實。於是，在面對變遷無已的現象時，需要另一套哲學，既能說明人類世界的形成過程，也能肯定變化不是漫無目的或無可奈何，而是充滿了生生不已的活力與希望。《周易》的《易傳》部分是孔子與弟子們的合作成果，「立人之道，曰仁與義」，由此再與天地之道相通，進而參贊天地的化育。孟子所謂的君子，是「所過者化，所存者神，上下與天地同流」。人的生命向著至美至善的目標發展，人格的尊嚴與人性的可貴皆可獲得確證。這是儒家的原始精神。

一旦進入道家的世界，便覺氣象大不相同。方先生談到老子，喜用「超本體論」一詞，用以描述在萬有的根源處，另有「無」的領域。無並非虛幻，而是超絕於現象與名言之外，作為宇宙的真正源頭。他以「道體、道用、道相、道徵」四語來解說老子思想。同一個道，可以由這四種角度去展現，亦即：本體、作用、現象，以及悟道的聖人所顯示的驗證。這種看似玄之又玄的說法，其實可以應用在人間，化解所有因為偏差知見所造成的煩惱與痛苦。

莊子認為老子是「空虛以不毀萬物為實」，亦即接受萬物的現實情況，但是又能在空虛中不受萬物的干擾，由此保持精神與道冥合，進而逍遙無為的可能性。方先生推許莊子為貫通儒道兩家的重要人物，其思想主旨是：就萬物作為個體而肯定其價值，就是不由人類來定其貴賤，亦即「以道觀之，物無貴賤」。人的自我要展現真我，超脫一切有形與無形的拘束，無所求則無所待；在任何處境中，都可以自由而自發地隨順而提升其心靈，到達與道為友而同遊的妙樂境界。

方先生所講授的儒家與道家，並非一般學者所能輕易聽聞的。其理論既已提出，則必將對今後中國哲學的研究，產生重大的啟發與影響。這一點是不難斷言的。

六、中國大乘佛學

方東美先生在八年抗戰期間，隨著政府遷到重慶，繼續在大學教書，但是手邊藏書有限。於是，他就近到寺廟購買佛經，廣泛而深入地苦讀了幾年。這種直扣原典的功力，在晚年暢談佛學時就充分展現出來了。

佛學之難，不僅在於卷帙浩繁，而且在於名相深奧。眾所周知，佛學有小乘與大乘之分，並且在推廣傳布時，不斷演變出新的宗派，各有所本也各擅勝場。它自東漢傳入中國後，原只是撫慰人心的宗教團體，然後再增益其教義的理論基礎，開始與知識階層往還。這個階段的佛學有「六家七宗」之說，其重點則在於「格義」，要考究重要概念的正確意義。於是，道家的「無」與佛學的「空」，可以對照並觀，所指皆為萬物的原本真相，關鍵在於人們是否具有覺悟的智慧而已。

佛學要想深入中國人的心靈，就不能不正視儒家對人性的肯定與對社會的關懷。方先生指出，早在許多重要佛經譯為中文之前，道生已經公開宣稱「眾生皆有佛性」，也都可以成佛。這是「大本未傳，孤明先發」，而其靈感則與儒家的人文精神密不可分。隨著大規模的佛經翻譯運動，隋唐時期的佛教與佛學乃開花結果，出現「十宗並建」的盛況，而佛學亦成為中國哲學史不可分割的一部分了。

十宗之中，方先生特別介紹其中四宗，就是：三論宗、天台宗、唯識宗與華嚴宗。由於材料太多，所以華嚴宗保留到下一學年再教，也另外集成為《華嚴宗哲學》一書。至於本書的重點，則是前述三宗。首先，三論宗以吉藏為代表，其說側重分析與批判，以破為立，如

「八不」(不生不滅，不常不斷，不一不異，不來不去)；若要究實而言，則須依「有，無，亦有亦無，非有非無」去觀想，則自可覺悟。此宗難有傳人，自初唐之後即成絕學。

其次，天台宗由智者大師開始，傳燈不絕，建構了可觀的理論系統。在修行法門上，有「一心三觀」之說，要由「空觀、假觀、中觀」層層上躋，破除無明，得證慧果。在判教觀點上，有「五時八教」之說，使佛學的經典與修證次第，可以融入一個完整的架構。當然，不同宗派的代表未必會認同此一區別分辨。

比較具有哲學趣味的，是唯識宗的兩項挑戰：一是在玄奘倡導下，傳入中國的是印度無著、世親的唯識觀點，而忽略了安慧的唯智觀點。安慧的思想特色在於「轉識成智」，而方先生認為這才是唯識宗的發展正途。二是如何解釋善惡同源的問題。方先生多次引述「如來藏藏識，是善不善根」一語，用以說明第八識為「染淨同源」。染淨若是同源，則無由要求也無力保障人的覺悟。於是，可以再往上推出一個純善的阿摩羅識，或者努力轉識成智，就是轉化凡夫的前五識為「成所作智」，第六識轉為「妙觀察智」，第七識轉為「平等性智」，第八識轉為「大圓鏡智」。

總之，佛學肯定人人皆可成佛，理由在於人心有無限的潛能，可以在去除遮蔽與妥善引導之下，逐步展現其光明，由此化解無明的迷惑，而不再造業執著，得享寧靜的恆久喜悅。每一宗佛學都有特別重視的經與論，也都代表了佛教智慧的某一方面。若想一一加以認識，則可參考本書所列的「參考書目舉要」。

在本書中，還附錄了一篇〈與熊子貞先生論佛學書〉，為方先生於民國二十七年十一月所寫。當時方先生尚未集中而深入地鑽研佛經，但是與熊十力先生談起佛學，已經顯示西方學術訓練的犀利思辨，而不願再受到複雜模糊的名相的干擾，尤其不欲顧及世俗人情與面子的考慮。在真理之前，人人平等。故做大師狀是毫無意義的。方先生教導學生時，也雅不欲學生視之為可崇拜之偶像。由此可見先生言行一致，歷數十年而仍存其治學之真誠態度。這是我們研讀本書的另一收穫。

七、華嚴宗哲學

繼《中國大乘佛學》之後，方先生以一學年的時間講授「華嚴宗哲學」，上課錄音筆記成書，分為上下二冊，超過一千頁。負責校訂的學生所加注的解釋約占十分之一篇幅，增加了一般人閱讀的便利。

華嚴宗為隋末杜順所始創，大行於唐代。其說雖依印度傳來之華嚴經，但已融合本土智慧，展示高度的創見與完整的體系。譬如，方先生再三提及西方哲學的二分法困境，亦即由希臘時代的邏輯採用主述語句，因而陷入實體與屬性的二元對立，導致知識上的分而不合，人生中的理想與現實亦無法協調。這種困境要到二十世紀初期的懷德海，起而批判「簡單定位」之說，並且主張萬物相互攝受，才出現轉變的契機。但是，比懷德海早了一千多年，華嚴宗已經充分發揮萬物之中的「一與一切」為相互涵攝的道理。我們固然可以強調這是佛學的主張，但是儒家與道家又何嘗把天地人分割對立起來？因此，華嚴宗的說法是與本土思想相順的。

方先生早期撰寫〈哲學三慧〉一文，分述希臘、近代歐洲與中國三大哲學傳統，但是在根本上仍然肯定「聞思修」三慧，而「聞思修」正是所謂的「華嚴三昧」。這種智慧具體表現於「法界三觀」中，亦即：真空觀、理事無礙觀與周遍含容觀。至於修行次第，則有「十地品」之說，循階而上，抵達佛境。

在佛教傳統中，文殊代表智慧，普賢代表悲願，亦即具體的慈悲行動。能夠綜合二者，求其「悲智雙運」，才足以顯示真正的佛教精神。在佛經中，就以善財童子為喻，描寫他如何遵行文殊的指點，遍歷五十三種人生處境，然後才可開花結果，得證智慧。有了智慧，可以不再退轉為凡夫，但是這只是上迴向的部分。接著還須回歸俗世，實踐「我不入地獄，誰入地獄？」的大悲願。忽略這一點，就會錯失佛教的宗教精神。

方先生講學的旨趣，在於將一切存在領域視為機體的統一，形成廣大的和諧；人在其中，應該發揮稟賦與潛能，力求向上提升，達到精神的超脫解放；然後還須迴向人間，慈悲喜捨，分享智慧給眾人，希望人人皆可覺悟。這種「上下雙迴向」的模式，是方先生口誦心維的。他常以「坐飛機」、「小孩放風箏」為比喻，正是想要說明人應該培養極高的智慧，又須發揮普遍的同情。既要促使自己的精神往上提升，又不能無視於人間的痛苦、煩惱與罪惡。他的這一系列觀點，在華嚴宗哲學的思想中，得到充分的理據與清楚的說明。於是，他在討論華嚴宗的內含時，猶如鯨入大海，得其所哉，也就不難理解了。

佛學談到萬物的存在，以「緣起說」來解釋。緣起又有三種，就是：業惑緣起，阿賴耶緣起，佛性緣起。三者各有所重，而華嚴宗的主張是佛性緣起，亦稱法界緣起，就是以一真法界為真如本體，它與宇宙萬象的關係，可以用「真空妙有」來描述。譬如，變化中的事物皆為空，但是此空又非斷滅空，若是執空不放，亦是執著。為了說明空與色，有四個步驟，就是：會色歸空，明空即色，空色無礙，泯絕無寄。若要充分說明這種緣起論，就須深入探討「十玄門」的說法。方先生說：「這個十玄可以不斷的展開來成為無窮無盡的玄門　如此才可真正了解華嚴宗的十玄門。」換言之，要無限擴大人的思議範圍，到達不可思議的境界，最後光明自動展示，形成交光相網的大光明世界，一切相即相入而圓融無礙。

本書中，方先生曾就某些經論的原文仔細解讀，這是他教學過程中較為少用的方法。原因或許是學生們對佛典較為陌生，並且佛典文字精簡扼要而充滿哲理，非待悟者言之，難以盡顯精采。閱讀本書，有如悠游大海，不必急著登岸。待全書閱畢，不覺已在岸邊多時。

八、新儒家哲學

方東美先生最後一學期所上的課，內容集結為《新儒家哲學十八講》。所謂「新儒家」，是指宋明理學而言，主要人物有北宋五子（周敦頤、邵雍、張載、程顥、程頤），南宋的朱熹與陸象山，明朝的王陽明，直至明末的王船山等人。這是一學年的教材，而方先生連一學期也未及上完就病倒了，所以論述範圍只限於前三子，就是周敦頤、邵雍與張載。

宋朝哲學家自認為繼承儒家的道統，但是顯然面臨兩個問題：一是他們的「道統」觀念稍嫌狹隘，不僅排斥佛學，也要與道家畫清界線。二是與此同時，他們又無不受到佛學的影響，並且也無法釐清自已與道家思想的關聯。譬如，周敦頤的《太極圖說》可以推源於道教，而程頤、朱熹等人也不諱言「出入老佛十餘年」。

不過，宋明理學依然有其貢獻。一是堅持道德理性的優先地位，並因而與道家壁壘分明；二是強調「天人不二」，要由「一體之仁」來理解天地之心。由此觀之，周敦頤的《通書》比較具有儒家色彩。方先生認為，《通書》所謂的「誠」，固然是儒家的精髓所在，但是言誠而未能側重天，則無法形成一貫的系統。他甚至說：周子「連中庸也沒有仔細讀通」；他所繼承的是荀子與禮記等後期的儒家思想；並且，他所了解的道家只是魏晉的新道家。換言之，周敦頤對儒家的天概念，已異於孔子、孟子等人親切的互動體驗，而對於道家的道概念，也有陷於空虛寂靜的實體的傾向。

其次，邵雍的《皇極經世》，是儒家學者難得一見的詮釋經驗世界的著作。一方面，他在建構哲學理論時，並不卑視聞見之知；同時，他也有足夠的科學頭腦，可以處理這些知識，進而應用於對人類歷史的理解上。由正面考察及接納現實世界，使邵雍心境開朗而樂觀。方先生為此借用西方的比喻，說邵雍是「笑的哲學家」，而與他相對的則是嚴肅有餘的程頤，是為「哭的哲學家」。

方先生講的是新儒家哲學，但是他一貫的作風是對照比較西方哲學，藉以突顯雙方的特色。譬如，邵雍說：「我性即天，天即我。」在西方而言，「即」為「是」，成為實指，意為等同。而在宋朝哲學家，則「即」為功能，為作用。於是，說「即」並不是說「等於」，而是說其運作的效應。推而言之，他要展現的是思想的「上下雙迴向」。「我性即天」是上迴向，我的本性可以提升直至天的境界；「天即我」是下迴向，要從高遠的層次回到具體的我的生命中。說得明白些，唯有如此，人的精神才有無限超越的可能性，同時人也不會因而鄙視現實的一切。

方先生認為，張載的《正蒙》是宋代系統最完整的哲學著作。以其中廣為人知的一篇〈西銘〉為例，能以天地為父母，以百姓為同胞，以萬物為友朋，這是何等恢弘的氣魄，又是何等廣大的心量與情感。其根據可在儒家經典如《易傳》、《中庸》尋得，也可以上契孔子與孟子的原始理想。張載的名言是：「為天地立心，為生民立命，為往聖繼絕學，為萬世開太平。」

方先生剖析〈西銘〉的思想背景，認為它包含了：傳統宗法社會的「親親」，道德平等社會的「賢賢」，五代之後社會所需要的道德理想，孝經「繼善述志」的原則，以及周易生生之德的無限生機。這樣的思想，在架構上總是保留了一個超越的領域，稱為「天」者。方先生指出，宋儒這種觀念，是介於西方所謂的「有神論」與「萬有在神論」之間，而他更常使用的名稱則是後者。萬有在神，神在萬有；如此一來，萬物無不充滿神性的力量，而人是萬物之靈，更可以彰顯其天賦的神性潛能；不過，「在」並非「是」，所以並不因而減損了天（神明的一種名稱）的完美性。於是，人在居敬時，「對越在天」，自然感應內在嚮往完美價值的力量泉湧而出，也因而可以肯定：做為一個人就是要肖似神明。

九、總結：無限開展的人生

方東美先生於一九六九年參加夏威夷大學主辦的「東西哲學家會議」時，發表一篇論文，題為「從宗教、哲學與哲學人性論看『人的疏離』」。他在這篇論文中畫了一頁圖表，揭示了一個平凡人「如何」向上提升，抵達神明的超凡領域。

鼓勵人們高尚其志，是一回事；說明其理由及動力來源，則是另一回事。方先生的策略是借助於許多偉大的哲人所作的示範，因此行文顯得氣魄宏大，使人在閱讀之後自然心生嚮往。本文擬依這張圖表，扼要說明方先生心中的人生歷程。

此一歷程共有九個層次，由低而高，依序是：自然人、活動人、理性人；藝術人、道德人、宗教人；高貴人、神性、不可思議的神明境界。

首先，第一組的三項是自然人、活動人與理性人。這三種表現是與生俱有的條件。人做為「自然人」，是萬物之一，也須遵循「物競天擇，適者生存」的規則，發揮體質上的特長，求得優越的生存機會。其次，「活動人」特別是指人的創造及製作能力而言，由此改變了大自然的形貌，奠立了文化及文明的基礎。「理性人」則進一步凸顯了人是萬物之靈，因為他有思考能力，除了掌握生活資源，還可開始探討如何使生命富於意義，進而實踐各種高尚的價值。

接著一組的三項是藝術人、道德人與宗教人。在理性的基礎上，人很容易察覺自己有審美、向善、成聖的願望。若無藝術，則人無法須臾擺脫功利實用的考量，而這種考量無異於枷鎖一般，將帶來無窮的壓力與憂患。若是不談道德，則人格高低無從界定，人性的平等與尊嚴也將如同無源之水，然後人類世界難免回墮到生物競逐的叢林階段。那麼，再往上的「宗教人」是怎麼回事呢？

方先生晚年病重時，是否正式皈依佛教？此事仍有探討的空間，但是他確實描述自己的生命型態為：「儒家的家庭傳統，道家的生命情調，佛家的宗教信仰，以及西方的學術訓練。」方先生一生教導哲學課程，從未忽視宗教的重要，但是與其說他信仰某一種宗教，像正式信徒一般的履行教規及儀式，還不如說他所嚮往的是一種宗教「情操」，亦即他相信有一位哲學家的「神」，可以使人間一切價值得以圓滿實現。此一信仰使人蘄向完美，亦即「成聖」。所謂「成聖」，其實正是為剎那生滅的人生找到「真而又真的真實」，然後展現出不執著的智慧，表現無私的美德。換言之，若是少了「宗教人」這一層，則任何價值都將局限於相對的、小我的世界中，並且無法跨越痛苦、罪惡、死亡這三大悲劇的門檻。

再向上的一組有：高貴人、神性、不可思議的神明境界。高貴人即是儒家口中的「君子」：所過者化，所存者神，上下與天地同流。君子在人間已臻完美，可以進而展現神性，就是「參贊天地的化育」，亦即與神明合作來改善人間。方先生常說：「要做人，就是要成就他的神性。」他所用的是英文語句：To be human is to be divine. 這種對人性的積極觀點，是方先生一生的信念所在。最高的頂峰是「不可思議的神明境界」，或稱之為「玄之又玄的奧秘」。這個詞的拉丁文是Deus absconditus，意思是「深奧難解的神明」，絕非人類的語言及理智所能衡度。他的目的是要強調：人有無限提升的可能性，並且此一可能性必定源自一位無以名狀的神明。任何宗教中的名號（如神、佛），都只是代表象徵作用的符號，因為那是人的精神領域的微妙境界才可以相通的。如此一來，人生的可貴與偉大潛能，不是值得我們珍惜萬分嗎？

今日世間，哲學家如方先生，對人類尚有如此期許者已經少之又少，期許之餘，復能以理論以圖表示之，以啟迪世人者，更是難得一見。我們於此，更應深思而力行之。

堅白集

方東美

目次

堅白集

方東美

書齋

獨坐幽齋裏，微吟復長嘯，積慮貫精誠，移情窮奧窔，揮劍舞清風，拂衣帶夕照，逐逐掛塵網，遜此參衆妙

春思

凄草傷心碧多情[靈素]苦夢積閑摘海棠花遠慰風雨[君]

夕

春詞

清宵舒美景流輝[春樹]媚[恩落]川[高]岑幽香頌[風雨]高樹[白川]秀實結同心感懷盟腑肺信誓倚崎峑含情人小立花月伴[發]

醉吟

成賢樓晚眺

落日燒紅樹煙[殘]霞翠[賴]欲流秋風不解恨帶月上高

樓

秋暮登臺城望鷄鳴寺

齊梁古剎浸斜暉獨立蒼茫意渺微何事前朝好風景空餘紅葉逐人歸

青溪遥瞻俯濯

倒映嬌姿豔碧窪青溪妙女浣輕紗停砧立盡橫塘路偷向橋邊泣落花

鳩江夜航

一櫂東去淩飛雪孤鴻嗁帶江聲咽清波灩灩月光寒映照人天兩奇絕

柳徑口占

春纔來也春又了百花零落愁多少遲春惟有小輕燕恬坐柳枝風中儂

讀罷長生殿

我思美人天之涯美人念我貽金釵兩地相思魂飛苦白雲橫空不得覩俯仰隔星河蕩蕩揚秋波

星河虛遠瑩如鏡照我情愁千萬陣

聞樂

美人悄立臨煙淑清韻玉姿一笑許世間多情問何處嫩綠池塘唬杜宇愁來且過垂楊浦閒看明月翳復吐萬種靈奇儲肺腑鬱拔頓挫寄律呂輕轉重按移玉柱水流雲行傳意緒大絃殷殷撼江滸小絃密密黃鶯語大絃小絃歷亂譜琴心未比素心苦波濤翻覆吼又怒行氣如虹走龍虎公孫

大娘劍器舞縱橫有象興雲雨低昂高下一時無韻流天外松風古收視返聽意有取妙趣存神無(忘)我汝

十六字令

宵惜別幽人倚玉簫西飛雁和夢續離騷

長相思令

長相思短相思長短相思離別時相思空淚垂

桃花溪柳花堤寂寞春心不忍歸暖香入夢微

東流江中望故鄉

遥望龍眠岑空明散清綺中有雲棲士翔雲離故里故里今何如纏綿問秋水秋水泛洪濤無言意亦美

花徑

榆錢樹覆華陰春睡覺來風日美偶尋殘夢上高岑山之阿水之涔低迷煙草軟零亂雨花深香裊碧霞縈遠渚光搖清影媚長林佳人擘余肆遊衍

閑窺蝴蝶抱芳心

陳情贊希臘哲人二首

以下譯詩

顧盼復顧盼欣逢此哲人時代之奇跡心靈深且純經始興宏業辨微探世因窮神而知化創妙以搜真

天之蒼蒼高明峻極地之茫茫博厚莫測神化無端羅織萬億爬梳摘抉理歸正則皇矣上帝於穆不息造作正誼抱一為式至誠予懷載歌天德

遣興

偉哉人之生葆真復持盈寄語曹騰者誰能解此情

自然

自然繅長絲乙乙投金梭運轉以不息百世可奈何萬籟苦爭鳴意緒如飛紇誰能理繁絃譜之入長歌高下見節奏抑揚音調和事散而為萬理一以貫多浩然流心聲韻美若鳴珂

理

密察宇宙和以天倪縋幽發覆極深研幾修辭立誠證理入微

思

慧心揚和聲瀉韵流天外展轉斡大化期與我心會

世相

黑夜走荒郊兵車盈四野驚心臨陣前苦戰何時

捨愁辭

生命空與幻悵望欲何之廓落無容者一死安足

釋悶

世事亂我心匪伊朝與夕進取復蹉跎頹然毀我力外物非本真奈何滯形迹塵埃和污垢棄之不足惜

憂心

青春已銷沈鎮日戚無歡天地生物心顫顫遽凋
殘縷繾綣窺世情哀絃和淚彈

祈嚮

趣我入天鄉清靜情無悝閙拈合歡花愛捋詩心
比友誼與真情妍妙神所擬孕育我深心深心紛
旖旎

冷月

天心長穆爾冷豔玉鈎垂懷情不易感眽望盡無遺

情

乾坤渺無垠生世渾如寄晏息向君懷馳情入幻意

書懷

心靈翔太清肉體羈塵境羽翼長參差浩氣靡所騁靈鳥囀幽音大鷲貫雲橫白鶴飛不停江山萬

里程我亦間世英立地想超昇脈脈向蒼冥悠悠終古情

遐想

空間無止境時序永綿延勝遊探其幽意遠而心玄

野望

託命於空明婆娑削塵慮無窮翔遠心去住有佳處

述懷

他世與來生吾意獨不屬此世委塵埃他世更窘促大地鞠吾生歡樂縈心曲

芙蓉鳥

嗟彼籠中鳥幽棲辭林表奮翼不能飛弄舌戀春嬌

原野

春暉滿芳甸羣羊長憩焉樂生肆遊衍自然導其

前

情詞

生命久相親綢繆共甘苦今宵不忍別明日還相
與相與值佳期鶯聲傳妙緒

狂

揮霍我權奇操持生命欲來日意方長騰歡萬事
足懷遠若為情宏毅天所屬念茲在茲心瑰琦自
絕俗

慰

鬱鬱胸中憂相煎何太急耿耿玄覽心求知苦難
給幽恨應有窮長歌舒膽汁會當起善念邀彼禎
祥集何如長歡忻不作抱璞泣

悲歌行

人生天地間被服紈與紵脈脈括囊心結束儲痛
楚悠悠少年情斷念勢難許遊戲逞歡娛歲月不
我與馳驟人世間杳冥何足取棄捐勿復道罹憂

以終古安分且固窮唧唧耳邊語感此絃歌聲音
響一何苦漫漫長夜人曉來愁猶貢惵息難具陳
懷憂復增慟期望一無就惡夢續殘夢緬想愉悅
趣倏忽若飛鞚阻我創造心使永不殊眾旦旦而
伐之慷慨有餘痛黑夜轉地來反側不遑寐野夢
何茲茲根觸孤星淚神明託永心動我心中意可
惜物外情神明不能制人生苦行役蹇澀負重累
何不識此身解脫人間世

憤

微茫人間世憂苦兩相乘悵望生觳觫惡趣更凌
凌

遣憤

闇昧闇昧成悲傷斂我幽靈入縈囊陰霾作勢雲
無住逐時走險憑大荒抽肌換骨歷萬苦淒入天
心意難忘

幻

衆生遠行客奄忽如流影榮名隨物化夢斷無人省

自慰

世人恣歡謔君何徒悲傷勸君廣胸臆毋使淚盈眶澄懷感有餘幸福自來將

悟

百憂撼衣心痛苦何時已歷盡苦中情直悟解脫理

倔強

感慨蒼生多苦辛百劫修成忍辱人一朝還我自
由身終有勝情匹至尊

寫懷

君年富且強君力更闊美挾之以創業超詣誰與
比渺渺懷憂心往者終已矣

酬情一

生命甘如飴緜延復滋蔓安詳而妥帖不雜憂與

恨蘊藉好精神清新且雄健妙曼恣歡樂勝情長
如願

酣情二

人類欣有託逢此達生樂心靈緣六根快意如酬
酢

酒仙歌

陶陶酒仙來迎之入瑟毖赫兮其丰儀恢廣而淳
懿於古已有說生人多愁思酒仙教醞釀飽飲以

肆志揚觶邀酒仙酣醉酬美意祝爾壽無量情愛
彌真摯哀哉世間人悠悠無遐寄如何辭酒仙終
古以顦顇

十六字令

奇人生妍妙竟如斯世界海須賴爾扶持
生意最可觀

卓爾蒸民亦豐斯殖式則羣花芳菲不息
流芳

植芸當初夏裳裳揚其華及時流芳澤彈指忽已賒迴首挹清芬戚戚令人嗟

調笑令

生命生命譎幻真如優孟狂情熱意當前頃刻化入冥煙煙冥煙冥杳渺空虛難詞

幻美

美景不長留憑虛以幻現直如走馬燈前影非後燭又如暮春花將榮忽凋牧皎皎芙蓉鏡流光散

銀霰時乎不再來鏡破花離嬮燈炧已衰歇去去
如投拳逝者固如斯奮速走輕燕美景無形跡虛
弱夢中潛微乎觸我心積想不能見

亦友生

願君摶扶搖飛入寬宏地解識遙天路密察自然
意靈性勃以發妙趣和神會

虛寂

瞻彼渺茫境萬象俱沈匿佇足聽跫音幺然不可

得忽忽行客心倚徙罔所極

道心

趣承入太虛培植藝與力鈎心探丹鼎幽然蕩精魄縱為黃冠欺恍惚亦可擇齋心懷所往空幻窈難測

空幻

渺渺予懷期望安實詐偽迷惘惡魔操術窅然空虛幻象慄慄

巴陵江中

以下入蜀之作

西辭京國恨道遠意茫茫江永徂漢廣亦解九廻腸

望江南

仇未雪京國兩茫茫獨立高岑東向望滿天烽火敵披猖孤恨繞千岡

腸欲斷腸斷不悲涼記取家園零落盡故當投筆護新邦豪逸矯南强

家鄉有虜塵

聞道舒州急寇圖呺豫鐵鳥啄人膚惆悵門前鏡湖水平波還似舊時無

倭陷京師人有從賊中遁歸者為言舊寓未毀

蹈海魯連悳帝秦關山萬里作征人家園好在猶留恨濺淚繁花減卻春

斑竹

蕭颯故園斑竹枝迢迢萬里引相思淚痕不為煩

寃結復國還家未有時

思歸

丁丑三月遊紫竹林花圃見法國杜鵑數株芙初珍愛之購歸供養今已陷賊中矣巴郡愁聽鵑聲賦此遥慰花魂

苦憶京師紫竹林杜鵑紅入美人心蜀魄不知還客恨更嗁碧血滿江岑

中原大戰 二首

其一

英雄殺敵北徐州黃土血泥沂水稠莫笑觸蠻鬥
蝸角諸天等是一微漚

其二

汴水東流蕩古愁殷勤往復繞陳畱睢陽老將魂
猶在未報深讎死不休

兒女行　二十七年兒童節

華生三月呼耶孃每飯嬉嬉侍桌旁歲半著棋如

酌觴賓主紀理綱在綱數堊鶴髮額前荒服牛乘馬
逼義皇總角就傅人稱駠狂來好作弟兄王覺倪
倪覺分短長亦剛亦柔難稱量剛者內柔爪若螃
刺人脂膚意轉惟飲饌迫促貪如狼宿慧專精在
九章柔者中堅貌儻儻昂首天外自引吭嘯歌卿
雲為國光歌罷鬥狠勝騰驤弱女趨步尚倚牀學
語學謳恣鼓簧嬌癡玲瓏秋海棠一語忤心淚奪
眶轉瞬跳踉復故常謔浪笑敖室生香

空軍征倭不擲彈

千翼搏空躡太清泛雲海肆長征香風曳引霓裳

舞壯氣砰訇窫窳驚龍虎將軍虛按劍猦狸醜虜

亂如蠭翱翔恥啄天狼肉暫作蓬萊頂上行

中宵耿耿不寐

心似輕舠藏固壑四遊駭浪拍天躍千軍萬馬無

名力夜半潛來竊負趨

遊紫霞洞同美初

潛步蘭皋探幽深淑氣清光天風煦漫向野人問
路岐云是紫霞洞前許上聳鬱翠之青松下飄寂
寞之紅雨澗底潺湲咽寒泉山中悽戚唬杜宇泉
聲鳥語相對問春心深處吐未吐

巴郡送余光烺之成都

十年共賞秣陵春今日風塵各避秦怕聽蜀魂千
禩怨同鄉更作異鄉人

倭陷桐城二兄無消息

荆花搖落知何在縱望春庭想暮香骨肉音書無處寄傾河注海淚難量
聞觀姪竄身長沙

仲容遭亂離鄉縣緤馬行吟湘水濱漸漬楚賢忠義氣殷勤拭劍為亡秦

蠅虎

聖潔吾所居營營敢漫過蠅虎奮神勇跔突緝幺麽攘磔吞噬之為人祛疫痾哀我皇漢區天方薦

煩塵燹暴揚邪沴侵奪走狂倭安得人中龍相要
為國難
喜耀民甥從戎
愁予空有衛青志祝爾真成霍病雄千砲萬鎗一
夜發盡驅狂虜大江東
行營禁乘汽車往歌舞場
國破家屯夷亂華千官猶自擁香車憑君啼盡傷
心淚爭敵後庭一曲花

高樹鳴蟬

紅羊滿目愁身世萬樹蕭條落照前最是傷心無
處訴悲秋猶有晚鳴蟬

慰芙初愁生白髮

昔遊烏龍潭依依偎楊柳花時毋輕離攀條與心
掫今遷巴渝城幽憂竄身後長為未歸人雪花纏
君首靡絃非無情無情不相紐春花及時妍芳菲
知耶否

沙坪壩鄉農掘得雙石椁空存花鈿銅鏡

冥寞空山裏鶼鶼古椁穿傷心徒有石寶匳不成妍點絳唇無色埋輪鏡自圓棲尋同愛侶物化幾千年

狂歌行　四十解嘲

達夫高氣質五十始為詩老泉二十七發憤通書辭二子號晚成嚴實只嬰兒而我今強仕早歲恬思維人天闡一貫世相窮妍媸叩鐘應大問探奧

發幽奇弟子滿天下詎患為人師成書百萬字妙
理何紛披知命到五十芳潔重自持四十已不惑
五十焉得非六十更宏壯垂輝映二儀七十從所
欲體道為無為祁年啟重玄皓首志不衰

楊柳枝詞

紫鷰翻愁春欲盡黃鶯啼老夢猶奇銷魂橋上纖
纖手折贈相思第幾枝

惜別

丁丑將遊匡廬芙初攜兒子登舟相送別
意依依不覺解纜船主迴舟送之登岸戲
賦此篇

世事如流幻登艫有遠行水天澄霽色江表渺雲
情語燕頻傳夢驚雛哽別聲春愁話不盡未往已
先迎

雨中過巫峽

行行巫峽暮恨興遠峯長翯瀑懸千嶂驚飆滿萬

方時聞猨噭急更覺虎嘯狂倚劍懷吳楚江聲咽
斷腸

立馬長城遇暴風雨追思往事之作

狂情劍氣衝匹馬過居庸山挾遊龍勢雲奔猛虎
蹤騰雷闐怪壑驟雨壓奇峯矗立高墉上心如萬
古松

夢潭娜山巔遙夜俯看湖中月影

去國幾萬里（無窮遠）懷鄉就錦車崚嶒登絕巘浩渺瞰平

沙路嶮穿雲海人高漱彩霞嬋娟輝夜月搖蕩一
湖花

浮圖關下背坐車中有感

浩漫南平敧石道般雷暴雨午晴舒秋風客夢巴
山滿故國雄心峽水寒萬木颼颼飛劍戟千岡獵
獵送我駸欲迴天地無窮意倒坐飆車想太初

美加國境

南國薔薇北國望一籬春色兩邊香機心去淨無

機事銅柱標韁不設防

展覽會觀畫

鄭虔歿去無山水法障神枯卧墨豬天地有情誰解得畫人今是不材樗

徐悲鴻畫馬

曹霸於今未白頭奇情灝意掃驊騮生涯險絶當弧矢故遣真龍萬里遊

落日

白脚掛層巔残霞欲破天沈淪猶乍擧翳蔽故迴
娟海霧迎宵散星光到曉妍江山千萬夢攢聚落
花前

五老峯前排雲漏日

野客愛山情盤紆絶顶行身輕雲縹緲徑仄石猙
獰日出疑天破嵐開駭地傾乾坤任俯仰詩思不
能平

杜鵑行

崎嶇山國裏款變水雲鄉玉壘終然在開明事渺
茲升西愁望帝哀怨復悲涼魂魄化為鳥孤飛過
楚疆橫吳盱水府度越弔錢塘東極饒奇怪梟獍
滿扶桑長河蓋入海蕩恨阻齊梁豫北驚淼淼淮
南苦汪汪古怨堯州遍新愁禹甸繁燕侵雲夢澤
火逼沅湘原斑竹淚應滿玄猨聲自喧八荒同寄
慨不只憶三巴蜀國子規鳥懷憂萬古嗟羽黑緣
心慘口紅飲恨窣時危冠不正生子巢人家倒懸

何日解垂泣灑天涯宇宙長冥晦悽吟學楚些經
冬復歷夏夜旦心如麻惻愴凝為血血碧映山花
山花鵑躑躅採擷玩奇芳詎曉芬菲氣元從痛苦
揚微莖千載後此意可思量

小胡孫

腥羶宇宙走王孫好爪愁胡未似人二足毛民乖
物性七情喜怒悖天真聞聲若欲悲家難掛樹如
拳歎世屯狡黠空能警馬背凶殘輒嗜亂彝倫奇

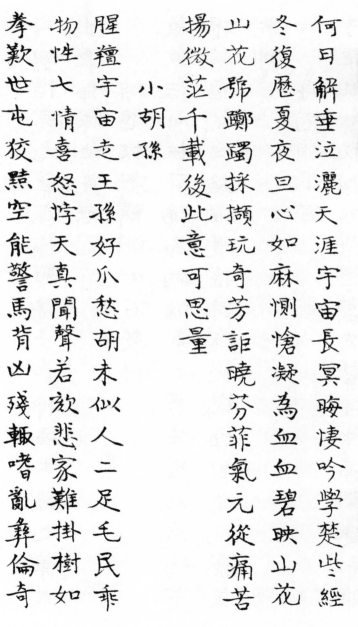

文解憎宗元筆窊翰難傳子美神猛士毆之渾不
出哀號伏地死無冤

猢猻杖戲簡胡小石教授

敖敖佶屈杖厥號為猢猻貞心貫苦節幻意蟠靈
根崎嶇閱世路爛漫搖詩魂提攜匪自衛抗舉旋
乾坤

再惱胡小石

手把猢猻杖飄然過學宮披髯垂燕頷閃睫弄雕

蠹裂甲矜標例殘鐺枉盡忠佯狂真可哂咄咄歎亮
書空

光烺重到渝卅為其外姑治喪

夏雨驚初散秋雲欻又浮征人兩行淚長傍嶽陰
流

急雨江漲

洪濤裂地撞夔巫危霤傾天逼楚都風雨縱橫龍
一嘯萬靈趨海滅東胡

書憤

胡鹵未成擒江山憔悴心腰懸龍虎劍斫地圻千尋

苦雨

破碎山河影飄搖楚客魂問天天不語垂泣灑乾坤

春宵

靈雨襲空山夜深人初靜花落子規嗁黯然形贈

影

聖人謠

噫嚱慄悠悠生人彈指白骨兵戈擾攘兆狂秦孔聖知之預絕筆覆手作地獄翻身現天堂凡夫一悟頓成佛鼠能變虎甚强梁塗之人皆可以為禹君何莫知所適兮獨徜徉莊周夢蝴蝶蝴蝶幻莊周一體更變易萬事巧追求性惡徒假設性善亦妄標修辭匪為證理嘗試之言天下滔滔不自菲

薄君益囂囂大禹舊只屬小蟲程馬演化更生人
先生強效顰弟子敢創新立言乃故違三表實驗
乃萬代奇聞謗儒捏造文獻周禮元從殷建魯襲
盤庚若清竊明大儒之義難撣揚哲匠之職在巫
瞽墨學篤信得宗傳讕言要譽心何苦神奇方比
於朽腐造謠幻技運鬼斧非經而又讀經大道於
身何補用世偏重說孝存心詛為尊父實利大有
可取反對移時竟擁護諍臣聲價似可估括囊只

待儲紙錢權門得估意虎虎逢人傾說霑春雨達
爾文馬君武前賢善說物種初今人走筆譯奇書
此馬非凡馬天漢萬里駒陳衰申微意贊聖立世
家王孫志學矜考據反復疏證的姓糊系譜流傳
在西域賴有馬君窮根株國際市場浪馳名孔家
村店好打倒皇華向來無文化縱有文化殊非寶
捷疾爭坐洋飆車遲緩痛斥獨輪轑中西文明問
有無價值懸隔若天造妙喻曾貴洛陽箋遊詞長

挂青年腦青年膚淺劇可憐聖人名下雀躍逐腥羶報國新任乘槎使洋水淼淼味特美攀附競誇登龍門榮歸又可稱國士吁嗟乎聖人異實同名堪比倫一阨陳蔡一志伸先聖長被狂者笑後聖不為智者瞋令人腸中轉車輪

孟實約赴成都同遊青城峨眉懶散未應卻

寄

峨嵋皓月蛾眉態峭壁青山陗筆苔娟娟豔舞千

雯聚粲粲妍簪萬萼梅未除玄覽遭狂笑肯寫文
心娛赤孩峽外烽煙危客感鳴鞭怕近望鄉臺
皖江月夜矓夢遙寄芙初
夏夜清江畔悠悠獨客心媻娑浮檜影淳潏瀉琴
音皓月熏微暈繁星漾碧潯長天縈遠夢危坐想
情深
同芙初散步巴縣中學園林攜小兒女與俱
卜築曾依槃谷泉羈鶩（棲）到蜀江邊軒楹敞豁前宵

夢風竹猗儺此日妍稚子搴花驚易地雲鬟採藥園中有梔子可入藥悵殘編乾坤浩渺懸知大浪跡何年欲問天

倭逼京師宗白華埋佛頭於地下余京寓隣近小槃谷竄身時藏書與積稿盡失莊嚴餘相好斷頭不低頭身受唐人拜心縈漢域愁艱難怜往劫險惡愍來憂羞闇樽木休戚戚隱荒邨

寄成都友人四首

南京一失又南京南京曾落錦官城借問浣花溪上水何如玄武與三瀛

契丹人呼北平為南京唐玄宗幸蜀還改成都曰南京古今南京同名者三詩故云云

成都堪比兩南京濯錦江頭好聽笙城郭舊誇金石美故應煊赫集冠纓

莫訝玄宗事可抨成都漫喚作南京山河收拾留心影至德二年初改名

百花潭影覓殘生萬里橋心寄客情坐想流鶯千種囀也應驚夢哭南京

薄暮嘉陵江眺望

怪底蝭蟧急暮絆朱輪蟂蟬薄虞淵蟠龍幻挾煙
嵐下不許滄溟落日圓

中秋羈愁對月

悠悠太古月照此百憂人碧落同流影鴻濛共宅
神河山驚破碎天地劇悲辛賴有華如錦浮香掠
夢身

中秋後二日夢囬望月

涼露甘蕉千葉翠窺人皓月一簾花秋蛩亂織邦
家夢喚起騷魂賦楚些

兒女劇病牽愁示內

蹉跎四十春患慮逼人老血淚迷川原烽煙炎肺
腦顛危瘦夢枯乳抱苦形槁坐對商飆馳寸心搖
百草

雙江合流處作

文心建業水詩夢武昌魚東逝雙流古盤渦畫不

如

近聞賊兵搞我京廬有感

緘余方寸心騰想塞天地萬壑為藏真千峯與作
意搖情奮電雷抱道役形器象外託靈蹤域中醜
衆類糟糠味六經著述笑多事結守愛邱山傾巢
注海淚玄泉滌古腸絳雪飄遐思人世一微漚因
緣枕上記

芙蓉花

寂寞芙蓉花離披自婉約辭枝紛若墮返本故無
著內外忘機人安禪絕垢縛發心依智境芳意入
紅萼

江行

縹緲水雲鄉低佪原野樹孤棹淩風征廣川疊浪
去詩因並哲匠嘯傲窺天趣天心穆無言遙岑浮
花霧

泝嘉陵江往柏溪

浩淼嘉陵水悠悠蕩恨流三時浤鑿岸晚歲氾盟
鷗亂石驚舟子平沙憩哲因明勇任踐履載道若
浮浮

柏溪為諸生演哲理之作

懸崖嶔石徑駐杖聽梵音翠柏羅高妙清泉咽古
今山空寒竹語法白老龍吟吹萬俱天籟調刁見
一心

冬涉嘉陵江

嘉陵善作幻夏涵而冬清萬檝揚頹波一龍吟苦

情臨流依介石及溺守堅貞飲湛霜冰地迴腸百

慮縈

嘉陵江行

孤舟涉險泝嘉陵逆挽千鈞共引緪危灘浴石煙

波沸壯志橫胸劍氣騰落日流霞鋪彩絮閑鷗點

水破紅綾已逢美景情何限更喜前山新月升

偕芙初避地青陽過銅盆湖望九華

浮生任舟楫旅夢繞沙汀命託雙魚影情留比翼翎蕭疏秋遠近辛苦淚淋泠九子顰眉黛因誰作象形

九華原名九子太白以九峯秀出如芙蓉始改今名

長至得家書益增夢思

鬱結還家恨悲歌血淚汪地憂吳楚坼天譴羯胡狂磔攘宗周禮儺毆梟漢香夔巫添禹鑿夢徹百厓霜

古意

織女秉機杼牛郎耕河畔心心各有託專一無撓
亂河水自清淺春風綠兩岸浮香度浩歌流鶯千
種喚歡情長綿絡霄漢未橫斷入夏泛洪濤泫洄
增燦爛利涉可通舟臨流復何歎投贈錦繡段報
答青玉案暫別還慇懃夢寐東西看金風變節候
飆馳歡不散天長耿無垠地久不改竄天地降甘
露訴合羅瓊幔交泰感兩間恆常彌可讚秋深冬
轉來生趣益清晏冰霜凍壓薄蟠情殖根榦一陽

復生春春心　浩漫漫少小已相親相親豈夕旦春
夏歷秋冬古今樂衎衎

亂離後遥寄二兄

夔門不鎖恨淚積東流波萬里共明月霜荆入夢
多

山中默坐

深山坐晼晚淚寄百重泉霧黔花心破崖危竹腹
堅意身懷舊國法眼看玄天但作孤松隱貞姿聳

萬千

始學為詩因成絕句卻寄二兄慰離情

四十為詩也自工鳳聲吟破夕陽紅桐花萬里巴
山淚灑遍虛無縹緲中

攜小兒女欣賞竹箭之美

綠縟幽篁地猗儺媚篠枝鶻啁香霧宵風動化龍
奇啗實羣雛戲裁詩采鳳思清媄霜節下瀟灑出
新詞

元夜行都燈炬列隊祝捷

時寇囚近衛宣言乞和

飛甍高聳拂雲煙夾道春幡馳錦韉劍氣崢嶸蘇國命花燈燦爛慶熙年人堅衛霍平胡志我賦班張破虜篇電炬騰輝霄漢外遙穿湯谷納降旗

憶

楊柳裊煙絲風范著人醉江南三月天灑遍傷心淚

遊李氏園集句寫景

城上高樓接大荒江亭晚色靜年芳當軒半落天
河水萬里沙鷗弄夕陽

集山谷句贈意塊兄

驚風鴻雁不成行開元宗社半存亡別後常同千
里月書來莫寄九迴腸

梅溪

梅花兩岸發詩意一心栽天地祕幽奧含情待我
來

遊石門

魯郡有石門春山媚狂客花影落金樽醉倒李太白
巴國多名勝投軀暫息機石門鎖淥水遙峙生光
輝嘉陵西北來開流蕩今古浮圖關不住羅帶當
風舞廓落逍遙人襲氣鼓萬竅豁胸吞八荒括囊
盡衆妙嘯歌招詩魂怡然與同調

重遊磐溪賞梅

活活淘淘復汋汋磐溪亙古揚肥翯鴻飛匝歲去

又來一種高寒欺雪梅秀色難名舒綺萼輕盈傍
水笑樓臺熙熙人坐空潭曲翠羽紅雲看不足曠
緬西山挂落暉賞幽狂客插花歸

后湖

煙柳北湖隄香風醉（散）綠（黛）蕙（低）愁添瑤瑟怨夢惹子規
唬花落春無主心澄物自齊佳期搖野艇弄影畫
橋西

鍾山

情無限懷鍾山白雲亂淚痕斑迢迢空江幾千里
春帆駛夢凱歌還鍾山奇難方比靈巔巖披綠芷
日日幻化十二時紫霞翠黛散成綺秦淮搖豔銷
古憂北湖蕩影洗新愁長江騰波壯金甌從今無
人泣楚囚投鞭江上斷橫流島夷滅盡煙塵收白
鷺洲前花影稠棲霞山裏劍虹浮鍾山龍蟠虎踞
耀神州

喜證剛先生暨其少君新愈

斷盡攀緣不患身苦空非我復非人羣生病滅維
摩健一子居然肖老親

午夜芙初驚夢予病喚醒慰之以詩

冥冥窈窈妙存神環室蕭然一榻陳智法雙空齊
物我是非平等合天人維摩禪定身無病來婦憂
焦夢豈真邀樂秉誠周理體綢繆搖作話情親

友人讌集坪園有嘲余能詩而不解飲者戲
為此答

遙天垂洒星黯地列酒泉天地俱茗艼驅人榜酒
船醞鷄夸醬美醉骨學姬仙清濁殽難辨聖賢混
顛顛所以獨覺者操觚寫詩篇

解連環

萬年孤鶴悵行雲眇忽夢痕無著奮迅翩流眄人
寰難沙散蟻遊霸危風惡故壘煙浮但空有綠楊
城郭甚雕樓畫閣忍憶舊時錦繡河嶽　滄溟
喜看日落漸潮平浪伏人戀京洛待措施來日宏

猷把胡鹵鑾腥一體除卻立馬崑崙漫醉舞長松
盤礴仗同心快刀破虜國魂震灼

蜀中守歲懷意瑰兄

幼年每值除夕輒宵坐聆意瑰兄議論今
古達旦不寐
霧重霜寒不凍愁莊生蝶化夢君稠驚疑抱影燈
前坐聽說人間百萬憂

除夜松林坡作

醉入新吾悲故吾茫茫世路認崎嶇松濤解得識人
憔悴夜喚春心問有無

諸兒鼾聲中迎歲華

窗外風聲兼雨點萬千幽恨一燈親難攀孤鶴天
寥意靜賞羣雛夢寐春往事飄風飛鳥影前途爽
逸寄看兒嚬推遷往復人間世梅格芳菲歲又新

傷情怨

江天宵霧頓皦見飆車犇擾料是虛驚千官逃鐵

鳥　夔巫雲陣縹緲寇尚遙魂已先摽喪膽朝，
冠艱難何日了

夢

連宵夢構兩奇境前已成一玄學系統昨
又擬建新理（想）國　二十八年三月六日

化蝶心情也自由熙然依舊妙莊周接系繼（更）作（入）華
胥夢（境）夜夜如斯不白頭

蜀中夢亡女天煦

筆架山前春寂寞嬌癡稚女獨眠憎花間應有鵑
聲亂為報愁親慘澹心

花溪蕩泛舟

花光紅勝火溪水碧於藍野艇浮春夢幽巖擁翠
嵐山深人物古日暖杏梅憨俯仰南泉曲澄心萬
象涵

望江南

巴山霧鋪彩滿嘉陵流水浮香春意冒落花吻浪

淚痕輕悽切倍關情　惆悵事孤客正揚舲岸
柳飄愁鶯舌亂灘雷驚夢鶴巢傾幽恨幾時平

滿江紅

落日銜山送迴照殘霞冥漠迷望遠夢魂飛亂霽
生天末撲路櫻花春去也快哉一瞬條風惡倚玉
簫寂寂悄無聲愁難遏　悲壯氣吞宙合東亞
事都在永喜卿雲燦爛國威旁礴揚子江頭花月
夜太平洋上蛟龍沫最好是扶醉弄扁舟排閶闔

古意

乾坤雙轉轂心事一驚鹿山木百年春杜鵑千禩哭

江邊即景

坐看茫茫不繫舟呼張元氣向東流飄然載得春
思去影入澄江蕩百憂

索居嘉陵江畔

絕壑棲神處繩繩萬歲憂重玄搜不盡豁目瞰方

舟虛已而遊世清芬日夜浮雲煙常作幻空水弄
春柔往事細悲緒長川咽石流條風扇和煦浩氣
酣花稠心影閑鷗跡情懷新月鈎飄搖意亦美適
得無更猶天籟吾良儔于喁自獻酬乾坤任轉轂
物外一莊周

野梅

層巒疊嶂縈魂夢絕澗澄潭見性靈認取詩人心
裏事飄颻香雪一星星

心境

蒼崖懸派水灑落梅花天著地為蘭谷留香一萬年

鵑聲

蜀魄原生蜀春深已在家宵來時一哭憐我客三巴

思京

獨夜風兼雨江聲咽苦辛頻年萬里客腸斷秣陵

春

詠先德遺植梅花二首

敷蘂壽天地萬年成一純孤芳齊日月皎潔以全
真

嘉蘤天為種飄香五百春及今花發日猶有似梅
人

酬意瑰兄見寄六首

士銜傷別傳佳句山谷多情更愛梅霧豹懷文人

不識少陵詩興子瞻才

宗元味道腴於舌摩詰安禪韵在詩莫道醒狂真

有地開元宗社半存時

艱難空賦脊令詩鴻雁亂行寇虐時意氣相須投

壁事林四珍重負嬰兒

學聖碍經那得休衙官百氏更何求攘夷存魯吾

曹事驃騎難紓萬代憂

抱道師儒守太初思修那重五車書經天緯地斯

文在秦火熊熊毀蠹魚

輞川丘壑只存圖歸夢淵明三徑蕪安樂法中自有我逍遙出入壺公壺

絕句寄熊子貞

驚濤卷石翻沈竈唬鴂傷春泣斷魂物不得平猶洩憤人非喪志怎忘言

蜀江初見舟人揚帆

蜀道艱難因水險支持出險挽兼推窮時解使風

帆力妙勢潛移任所之

月出

混茫飛出瓊璃鏡突破穹蒼黮黭空帶起深心微
密意妝成滄海玉顏紅

詠拿坡崙

暴虐窮兵成拓土神威養卒為蒸雷乾坤反覆山
河圻荒島歸魂鬼一堆
啼鵑奉寄意瑰兄

艱難時會惜離羣西蜀南淮鴈陣分飛影峨眉山上月搖情天柱嶺頭雲嬋娟吐納連枝意空碧卷舒繡錦雯何物傷春喧日夜杜鵑啼夢入無垠

磐溪晚渡

淥水嘉陵月虛舟載夢深弄春情未畢黃鳥亂花心

初夏綠樹綴丹葉燦若繁花

萼綠華何在傷春流曉鶯還披香積夢帶淚發秋

榮
春芳猶未歇玉樹不勝愁長想花時美紅妝接素
秋
可憐江水無情去日日望春春不歸淚跡難消心
裏恨鵑魂泣血染枝緋

雨後芍藥

看似傾城般巧笑嬌羞婉約被新妝春風吻破燕
支靨紫粉重敷押魏王

春雨宵坐

殘蠟微明空四壁寂寥宇宙一心尊荒山飛瀑瞋
天運永夜啼鵑警化元夢入莊生吾喪我神通正
覺物齊論暗香梅雨傳消息叩破重玄衆妙門

南歌子

恨逐千紋水愁深萬疊山春盡百花殘故鄉魂夢
窅淚潸潸

三臺令

血淚對江山春歸縹緲間鳥啼花月夜京國夢中
還

浣溪沙

寂寞春心入夢微潸然無語養天機意身高並五
雲齊　　　萬點嫩紅風颭碎一叢香霧鳥爭嬉斷
腸人自惜芳菲

浪淘沙

江濤能作海潮奔呑吐空虛一葉身生滅重重元

不住取新祛舊運天鈞

二

萬里犇騰作麼生排山倒海恨難平沈沙無盡淘千古一水牽愁淚欲傾

三

帝釋微言震古今功行未滿枉求金澄明酷愛嘉陵水淘盡世人雜染心

鵲踏枝

憶踏湖隄瑤草路荷蓋飄香人向花間住搖蕩輕
舟天欲暮彩霞挂在垂楊樹　紅萼樓前攜手處
密密鶯聲溫夢傳佳趣長想未來如過去丁香永
結同心固

臨江仙

嘉陵江畔鵑啼血落英撩亂青空碧波穿鑿夕陽
紅錦雲斜映水豔舞萬條龍　遠山篆略佳人
態千嬌百媚情濃歡心聳出玉芙蓉無言相對其

樂也雍雍

清平樂

春芳邀月心學丁香結歡未見時情百疊空對遙
天愁絕　輕舟弄影湖亭臉霞羞煞紅霙夢裏
倒推年曆來生應似今生

雜句二首

淨眼着雲山山山披靈性　如何丹青人作障掩遠
近

天眼閱天人四觀俱無礙沈迷者誰子華嚴失境界

行都火毀弔死難同胞

山城欻吐火城霞冠虐摧燒十萬家死職忠魂綏
國難塗車香泛自由花

江聲

嗚咽江聲迷日夜長翻舊恨逐新愁勞人心已如
針刺那有閑情共水紬

張書旂新圖花鳥多寓題思
邊鸞生趣趙昌神落筆傳情天地春千卉紅雲鳥
撫緝一聲禽語花垂泣毛翎香霧兩清新更寫吳
山警越人越人投荒一萬里飛空題夢東南美花
心墨韵生煙霞鳥背春光霑粉燊君不見畫師兩
鬢已驚秋江天海月人倚樓

柳

淡淡衫兒薄薄妝春風懷恨倚沈香嫣然斜睨杜

饑客不許腰肢背後望

秋

遥岑斂夕暉淥水寒孤月鴈引詞心高星搖旅夢
減愁深意鬱陶恨極花蕪没玄鳥噪丹楓驚秋霜
鬢髮

龍舟競渡

蘭橈撥浪湔氛沴影入澄江別有天破敵六奇翻
坎艮匡時八陣轉坤乾雷轟鉦鼓雲龍合劍斬鯨

鯢海水穿三户亡秦矜壯志至今人憶楚先賢

初夏感事

徂歲漫隨東逝水無言赴海寫沈憂夢影難追心裏事驚魂不勝眼前愁花光已被鶯啼盡世相猶為客淚收疇昔傷春嗔杜宇秪今杜宇亦歸休

行都毀於寇火感賦長句

昔日繁華今劫灰殘垣斷瓦倍增哀逆胡窮陁燒天闕劉漢雄豪闢草萊城郭摧頹何足惜山川壯

麗必收回明年捷奏平蝦島重建三都我賦來

松林坡感事

苧羅秀色垂天地浣浦名花掩蕙蘭何事春風澹
蕩客摧心抱柱為長干

堰口靜坐

神全幽壑裏太古石顛顛倒竹迎黃鳥披嵐禮瘦
泉無心雲幻化靜慮意纏緜空谷芳煙滿沖融憩
謫仙

望遠曲

孤雲海上生香霧樓頭積同心人未歸花晨兼月
夕看妝起夢思坐鏡映羞澀待得還家時質疑鬟
衫給

破曉雲山二首

姑射靜披雲霧綃裁成柳浪碧千絛春風不解人
羞澀亂疊羅衣襯舞腰
宵來舞困嬌無力收拾歡心坐翠帷杲日花開紅

萬頃羞人春夢嗣簾窺

嘉陵夜色

幾點漁燈穿碧水數層花霧染芳洲含情煙樹垂

垂立作意灘聲汩汩流倒瀉銀潢天遠近空懸壁

月影沈浮風光浩渺愁如海腸斷元龍百尺樓

詠蜀產荔支

出浴嬌嬈十八娘玉肌新貼絳羅裳風流數日離

根本枉附騷經譽色香

江天瞰夢待曉
寂歷疏星到曉姸玲瓏闕月倚人憐微雲淡掃天
心遠薄霧潛移地軸偏虺虺灘雷驚哲夢雖雖鳥
曲動詩禪一聲柔櫓巴江曙妙覺靈臺玄又弁
曉對雲天
野馬馮飛思渺然蒼蒼正色翠微巔衍波箋上馳
文藻浮玉山頭噴醴泉如幻漫騰陽燄想不空真
似鉢曇姸相看上下顛顛倒合化天人作地僊

江皋臨眺

高鳥銜春去孤情逐浪翻江流吞日夜烽火毀乾坤古意千峰起新愁萬壑屯艱難為客久攝慮此心尊

野望

平疇鋪錦茵曠野息勞人扶夢詩心妙含情物色新無垠千禩頤有限百年身大化相尋繹窮神樂最真

大風猋嵲漫成四韵

如夢人間世愁多意鬱陶感時風亂舞憂國劍長虓虎氣吞蝦島龍韜振羽旄天心吾語汝禹甸盡雄豪

漁舟

輕舟膠綠浦妙造無爲境張網學天工魚嚼五雲影

樓成

一畝心宮藏祕奧四隣芳芷蘊天真清虛正己薰
香坐傲睨人間第一人

曉峰

持夢坐朝霧含羞對曉暉鬢香邀蝶附額豔促龍
飛金谷蓮初綻河陽蘂正肥看山如審美寤寐不
相違

書憤調英倭結約

身成空寄夢國破更驚魂日月摧頹逝乾坤殺伐

存神州憂豕哭海賊論狐婚二足無毛者為人道
不尊

晨興攜兒女遊眺率爾成篇

朝陽輝爽氣宿霧乍銷拖杖策穿林薄牽兒娛赤
心徘徊嘉樹陰清景恣幽賞好鳥依人嬉忘形弄
逸響園芳紛在矚默默一歡顏試撫含羞草舒情
稚子頌蓮塘香冉冉紅萼殷童頰照水更成妍潛
鱗沾笑靨還思故園時采豔繞丹墀夢寐何由到

憶舊強裁詩

江上夜眺

暮靄沈山寺動息一川涼靄自悠悠斯須月出陵橋去

遥聞何郵江上畔

暮靄沈山羣動息一川連衢自悠悠斯須月出陵

花樹欲彩烟收森秋

花樹發彩揚稍在遠畔

蜀江對月寄黃仲蘇滬上

桂宮流影漾微波子夜歌殘可奈何欲寫離思空

悵望巴箋染淚故情多

秋興

蕭瑟清秋夜江樓月半棱金陵傷瓦解巴蜀策龍
興憭慄庾開府雄豪杜少陵艱虞終復國夏虫莫
疑冰

秋夜

寥泬江天迥悲秋萬籟鳴思蛩吟古調險瀨咽新
聲軌物標神理捜糸寢意兵蜀琴遥弄月詩興鬱
縱橫

次韵意瑰兄流波礓觀瀑酬聞園

仁山智水任媻娑閱世如流奈老何萴劳常思撐
大宇空濛顥喜對清波巖前濺沫疑花妥雲際犇
泉駭雷過暫慰蹉跎林壑趣着行天馬一高歌

箴學絕句

逝水藏舟眇化遷莊生尼父得機先離邊二取都
無著證入神明即自然

雷雨

詩含神霧迷情韵文綴丹心鬱夢思震雷一聲秋

到也滿天羅幻出新辭

雨夜

愁多鐙照影興逸雨催詩皮骨支離瘦聲情伴奐怡抱寒思嬌嬌奮筆意奇奇崖谷靈泉響秋風絕妙辭

秋心

蟬噪秋將老蛩喧夜更幽錦雲羅月幻玉露滌風柔坐養天寥趣潛操法象舟何當度空外一掃古

今愁

次韵李證剛先生五十九歲初度

開闔天門參衆妙統同令德即嬰孩是非善惡無
為事禍福盈虛不染埃雲表星精光步曆人間鶴
影鏡觀咍先生真有長年術一念書成去又來

吾廬

一畝之宮何所有稠花幽樹護龍首喬條雜還羅
玄牡應變無窮理性情東郭先生笑我否

空戰

逢逢疊吼浪車騎散江干服鳥迎宵至神鷹背月摶流丸避鵠路掃虜上雲端飛將行天迴遊魂賊膽寒、

巫山風雨

雲層霧陣壓山隈拔海天風動地來矯矯千章龍爪舞鱗鱗萬頃浪花開瀰空攝幻晴兼雨近渚縈奇雪亂梅俯仰留連都似夢神仙放眼楚王臺

連宵坐愁空襲

明月為誰好愁心只自知中原豺虎鬭西蜀鷓鴣欺坐想佳兵意行吟苑柳詩星垂一天闊夜夜鬢成絲

抗日篇

登高呼四野萬里快哉風掃虜雄諸將為心恥一躬精忠長貫日氣象遠涵空砥柱中流穩峙百川無東復東

不寐　時虜空襲兼閩敵戰

無眠為世難竟夕意蕭然月煜天狼近心馳太易

前窮愁一身負性命萬人懸造物成何物兵凶毀

大千

蟬啼

玄蟬落樹驚幽夢月白風清戒露眠太息人間烽

燧遍聲聲為喚奈何天

觀畫梁氏二妹戲為絕句

翠羽明珠幻夢身盤拏掌上為誰春自憐酡醉如花面未作昭陽殿裏人

書情

羞聽雍門琴長歌猛虎吟骨鯁無屈體思睿有丹心嘯咤風雲遠懸遲海嶽深騰騫寥廓上浩氣欲橫參

苦憶京國舊事

心史愁長在良圖恥避秦可憐花月夜不是漢家

春

夜玄

松月風泉孕性靈高秋緜想入青冥探玄觀化無
窮意匡坐宵分影答形

霧

彌天陰翳障清真空裏浮花絆此身安得鞭雷驅
電手摣開閶闔入無垠

酬仲蘇見和詠月思遠之作

遥情東注復西馳萬里長吟汝潁詩世相猙獰豺
虎鬬文心赩赫肺肝披秋高鶴唳聲華遠春去魂
迷夢影奇猶有少年歌未斷不然潘鬢早成絲

中秋月暈

遥空生月暈渾沌失天全黤黕山龍霧蕭條水冪
煙寒蛩憂悄悄逐客恨緜緜萬里懸歸戀枯情只
坐禪

秋思八首次均酬證剛教授

千山明月一空林繪影杈枒氣象森寂寞猶留花
葉想繁華不減竹庭陰乾坤曠望萌新意海岳懸
遲有赤心百折柔腸寸寸斷何堪急節亂秋礁
蜀道邅迴敧復斜江山嶮介鬱才華猿拋斷岸千
層淚客擁商飆萬里槎絕崿飛澇彈逸響遥空奔
晷落清笳蘭橈長繞迷津轉心繫桃源一簇花
青山雲臥傲秋暉去洛三年意眇微泉壑藏舟深
處覓鄉關離恨遠天飛故園嘉卉嗟零落新國雄

圖在塞違隱遯未能忘魏闕忍看侯貴自乘肥
人生到處似彈棋風雨縱橫劇可悲勝負推遷靡
定局恩仇反覆未移時危棧道路豺狼卧險惡心
情猰貐馳末世悠悠傷萬事愁腸消酒起秋思
堅貞長自倚天山獨立蒼茫雲霧間漢月羞窺胡
地舞胡兵敢叩漢時關元戎匹有安邦策諸將能
舒破虜顏秋草為肥汗血馬踏平塞外捷師班
一片腥羶滿石頭昏狂玷辱海風秋夢魂忍踐傷

心地時菊紛披逐客愁北極閣懸顛倒想后湖瀾
狎等閑鷗會當乘勝收京國遍植梅花豔五州
大化神奇不計功森羅萬象一心中帥雲陰陽元
無氣卉木調刁詎有風揭來時序寒薰暑消息花
容白間紅漫作春秋齊物論難能哲匠六詩翁
川岳逍遙自委迤無心更問路平陂青鳥能傳雲
外信黃花傲寄桂林枝平生芳潔嗤真隱一向孤
高喜曠移橋首層霄思藐藐迷離秋月共星垂

夜

江霧羅玄夢蟲響警秋心獨有霜華月寂照淚痕深

聞胡小石入滇悵然有懷

問君何事歷南荒杯水膠舟惜坳堂九萬鵬身秋意迴三千世界客心長雲間攘詬繇清影天末馳情亂夕陽八表顧儔期舉翼攜來逸興慰詩狂

廿年藏書終為盜積門人溫君見貽西籍一

種賦此寄慨
萬卷樓何在思修妙入神陶情塵垢遠鑄性法身
真慧命恆常住天文爛熳新心書無一字火患絕
嬴秦

戒姪
麟角牛毛成與學懸頭奮志應乘時搜玄析理卅
年事妙趣深微我自知
江流

萬里風煙纏國步三年羈旅觸心兵無情最是巴
江水鶴怨猿啼一夜聲

受觀姪赴桂就學揮淚贈別

淮陽爾父老風塵阿叔巴山作逐人浩渺乾坤雙
淚眼圖南看汝入秋旻

意瑰兄見貽小影賸之以詩賦此奉答

古木含風勁丹心自不移排雲森霍嶺寫月憶峨
眉盤屈龍潛勢高標雪傲姿明年歸白屋瞻仰伏

迺奇

磻溪讌坐同友人鐵翅

磻溪秋已老霜葉正銷魂摵摵丹楓醉離離野菊馨樂山當落日觀水欲窮源仁智同行迹怡情出法言

世相

圓鏡孤懸日月光晶瑩表裏意煌煌自來自去捫心客取象妍媸各異方

對飲三人

傾壺成薄醉彈鋏食無魚頻映殘花影眉分落照初敦詩歐閣學詠史沈尚書曉夢迷蝴蝶賡歌孝穆徐

雨夜思京

蠟淚煎愁急蟲吟織夢深廉纖巴峽雨寂歷蜀江心南國三年別東胡一戰擒夜寒龍劍吼腸斷蔣山岑

寄胡小石滇南

聞道滇池美秋來野趣生楓禪縈曲岸月影伴長庚雲共詩心幻波推物理平清澄幽夢裏應有故人情

酬還先教授見贈

窮神淩太虛觀化鬱遐思合德說天人頻驚不平事劍鋒輕項雄雅勢撫揚字大寶慈與悲心期道種智酬情流萬方習染風騷意造境空靈端蒼茫

苦不至平生遊墨嬉太史應無記家世依龍眠梅
松五百歲他年訪名山乞作瑞木誌

生趣（譯 Ben Jonson : The Noble Nature）

鬱勃杈枒樹根深碧葉抽持人相與較極似未為
優橡櫟洪柯勢扶疏三百秋風霜凋瘁之終然槀
木愁五月舒陽和芙蕖發菡萏披香朝夕間明豔
沁肝膽美景深心悟纖微逗玄覽生人行客耳盡
性斯為善

江行觀水

孤舟行帶月空水共澄鮮梗泛三秋夢鷗盟一渚煙藏珠莊有意知足貫為源比德徵玄化揄揚老孔篇

落葉

孤鐙引夢入天心一葉飄搖萬慮深擲地能成金石響悲秋不費短長吟

黃荃丝先生暨靜宜夫人卒三雙慶賦詩為

壽

棣花慶畔播清風松柏合薰瑞氣融觴豆禮成傳碧琁高人共醉蕙蘭葳

水仙（譯 William Wordsworth: The Daffodils）

逍遙如渙雲抽緒媚巖壑蒨影紛呈妍水仙舒綺萼沿湖眠綠陰自踐三春約亂颭芳菲心風花一部樂瓊蕤併列宿灼爍遍銀灘迢遞汀洲路幽姿接混茫怡然恣一眺散錦億千場宛轉隨風舞靈

妃試曉妝近浦翻鱗瀾跳珠潤藻鏡歡愉花水同
花豔更增勝宴坐一詩人華髮悅本性凝神證詩
心物理相輝映遲田弔花影偃息據胡牀騰想敷
瑤蕊馳情衍妙香寂寞蒼涼境紆餘集百祥心弦
已流懌舞共水仙狂

園景

小園幽徑畫橋東春在江南治夢中未逞嬌羞身
自轉儘無人處拾殘紅

天淨紗

江頭即景

騷人夢徹黃粱澄江倒映紅妝逝水牽愁蕩槳落霞追想風流萬古情長

題胡翔冬詩卷

健筆扛龍文雄豪屬此君原天言自妙造境日初昕郁郁春雲裹炎炎夏晷焄揚情哀樂外奧旨策詩勳

詞鋒大娘舞筆陣亞夫營破銳銜詩出披堅載律

行情溪言信美夢幻境如生南國狂歌客聲華莫

谷幽神不凡

與京

堅白精舍卉木十詠

柳

不向人間問是非郤從花徑識精微庭前生意能
扶夢物外禪心自息機雪絮分張元亮宅鶯聲宛
轉子貞扉無絃琴上多情思金縷飄香淨曉暉

玉蘭

望盡春心可奈何春來風雨惱人多玉為楚魄天
難問蘭沁騷魂客醉歌雙頰香融標雪韻孤身夢
斷舞陽和悲歡聚散尋常事一曲新詞古井波

垂絲海棠

淚眼懷芳也自由三春人坐碧雲樓風搖繁豔晴
霞碎露渰柔肌醉靨羞嫋嫋蒨妝瑤瑟怨離離紅
袖玉京愁嬌嬈試媚狂歌客爛熳香凝窈意稠

雞邊島櫻

白練為衣足似霜橫波的皪眩扶桑面因銜冷無
奇彩心為枯情只素妝尺八簫中傷暈淺春三月
裏詠愁長漢家自古名花罥不許妖姬近玉堂

法國杜鵑

梛繹花般萬象春軒窗明淨豔陽晨胡姬捧笑顏
如火莊蝶苞香夢似真靜女低迷情脉脉幻身開
覺理純純金仙自有慈宮寶色相無生證出塵

女蘿

春光老去鶯歌寂蕭索詩心往事空多景園中添
錦繡繁華影裏播薰風斜陽瞥映深深樹瑤草招
邀濯濯蟲香滿四隣沈醉後一聲吟罷女蘿紅

紫薇

紫薇羞傍隸臺熙拂暑傳芬百日甤趙后吐情香
慰藹麻姑作態癡侵肌珠光遠助明霞豔水影新
添簇錦奇應笑亭邊桃李樹春容怛化更無姿

竹

瑟瑟清商動茂林一蔌筠翠滌煩襟東南舊美長
縈夢西北高樓兀醉吟窩月窺人花弄影排雲擊
節鳥知音不隨寒暑凋貞幹夜吼龍泉出匣心

雪松

遼鶴高情無處棲自封嘉樹五雲齊相思為有天
山雪孤秀能穿岱嶽霓想像磵寒釥釥釥描摹峰
遠色黛黛清涼皓月流華影顧託貞心萬古媞

梅

冰雪妝成一樹顛更傾芳思送華年輕搖玉蘂非
爭豔暗吐檀心為發妍照影浮香和靖醉斷魂除
惱子瞻仙道場應有天花墜瀟灑維摩不縛禪

丞示己卯生日詩篇感慨萬端次均奉
答兼以自慰

止水觀心影清虛入醉鄉怡情貞幻化率性閱行
藏海祲纏烽夕山嵐點鬢霜少陵羞老蜀歸夢透
微茫

道術人間裂魴魚釜底全微危心自檢困苦骨彌堅多難能興國衛詩好繫年長謠酬古意妙契擁君邊

月下詩成

夜氣溫馨鶯語嬌嬋娟月影瀲春潮詩人賦就鏗鏘句萬象賓心慰寂寥

冒霧渡江

怕見頹波東到海故張綃霧冪深心同舟不解狂

瘖苦漫向玄冥喚古今

觀雲

人間譎幻山為海世界清虛象渡河曼衍遊心天地外陰陽動靜與同波

瓶梅

瓦瓶一天地詩思養梅魂白屋寒芳滿虛心密意尊形標众雪韵影繪月波痕大夢占先覺凝神贊化元

題倪則塤山居

煙花深處招雲宿雪柏溪邊結鳳巢話夢舒情天趣永萬靈爭寫一心窮

幽蘭吟

蘭生在空谷幽獨發奇葩昧者齅靈蘂平淡等芹茅蕭颯秋風吹氛氳氣自華舒遲物變後藏神卷龍蛇持此孤寒根昫昫蟠碨硊春輝斂愁至空炤夭桃花願春毋咨嗟蘭苗期未賒

古怨

妾淚與君心相逢恨已深夢君紅豆夢腸斷合歡衾

紅豆

舉世說相思珍奇意可知琵琶槽定後彈博局成時酌理傳香豔移文媚玉肌悲歡忘我助燕婉任他為天地常許合人間不弊虧披心紛假借作態盡迷離浪託多情種長謠絕妙辭春花秋月夜海誓岳盟期處莢藏深秘親身證暱私生靈無末日此物肇初基

渝州雜詠二十首

用少陵秦州雜詩均
二十九年元旦作

赤縣皆吾土逍遙恣壯遊心持川嶽夢意斬古今愁獨鶴橫天瘦繁霜冪地秋翱翔千里峽掠影為詩留

瑰奇明月峽倒置廣寒宮壁彩交流滿蟾華對映空玉壺澄律髓金戋待蘭風萬里同心者脩然獨在東

雙江寫深意亙古浪淘沙吼瀨驚舟子盤渦笑酒

家縱橫披瘴轉隱約抱城斜幽賞斯為美心安理
足誇
吾生逢世難未見太平時道術人間裂烽煙宇內
悲茫茫長夜在闇闇曙光遲衆檝纆高潔臨流盡
滌之
天行終古健破虜始為彊峽外傳氛急胸中結恨
長談兵誰引劍授鉞自乘驦四海風塵暗殷憂問
彼蒼

京國三年別蕭然夢裏歸山尊元氣壯河廣夜聲
微勝跡喬松斬荒郊苦竹稀離魂能報國哭破島
夸圍
渤澥標神山遊談夢囈間求仙人溺海報德鬼侵
闕丹藥投空覓降王失寵還懸河說羞恥秦檜洗
慙顏
張騫不辱命辛苦河源回鳳餅聯歡去神鷹掣電
來連旗賊膽破疊鼓將心開爆爆雷驚蟄蝦夸盡

國哀
搖情巴嶺竹覽勝蜀江亭掩映煙蘿綠縈紆晚嶂
青風雲着走馬霧露濕垂星靜趣無人識林花散
野坰
黮䨴失峒崙霢霂夏雨繁遊天移夢澤攝意入花
源怳惚開三界依稀認一村涵虛隱形跡養宗閑
崇門
嶮介巴江岸垂楊散黛低風輕鶯舞絮日暖燕銜

泥演漾煌波迴遲迴櫂影西坐忘天水際驀地警
征鞞
星週混休沐人趣北温泉載魄飆車擁流芳逸事
傳華池肉身滿笑屬酒樽邊借問今何世春風栩
栩然
孤煌青嶂曲着處是人家鬱鬱天邊樹瑩瑩澗底
沙鎮心休覓棗種杞不包瓜蜀地宜長樂銷魂有
米花

巉巖紛壁立咫尺夕陽天人語澄潭寂松吟怪壑傳窮神離北溟(莫冷切)養化汲南泉皓月隨歌棹幽花囅澗邊藐姑披錦繡坐髻有無間寫恨初(花)臨水含情欲(月)吐山瑤池張樂羅金殿聚仙還醉讀瀨翁畫神酣冀不斑寥天眈下界萬象子孫羣大海如杯水洪崖似朶雲剛柔何限定勝負莫由分惆悵人間世槍聲帶

淚閒
茅齋時偃曝冬日少暉光靄靄雲穿牖霏霏霧浴
牆泉聲喧竹徑雛語滿琴堂抱影吟風葉時危客
夢長
開春三四月鳥喚不如歸峽外煙塵淨心中蒂萼
輝征人韜劍返倦客帶香飛磅礴收京國東胡服
德威
海內升平日誰歌蜀道難東遊搜禹穴北去弔桑

乾泰岱神長秀天山雪不寒題詩壓李杜獨立替騷壇

塗人能作聖繕性昧良知相狗徐無鬼談玄老守兒狸貪依阜櫪鯤化止天池斥鴳休相笑蓬蒿是窮枝

己卯除夜枯坐歌樂山旅舍守候覺倪兩兒病情

松吟如虎嘯猛狠逐殘年雪壓孤心碎風搜萬慮

穿懸情期旭旦數息破幽玄明發貞兒命全生為
籲天

酬諸公見和堅白精舍十詠

虛舟墮瓦憐身世落葉殘花惱夢思撲筆追歡歌
慷慨撩人繾綣吐靈辭

五緯聯珠　庚辰正月杪水火木金土五曜咸集雙魚座

日月不聯輝文明相代有五星貫珠光刮眼愁皆
黝

蜀中書感

愁多心似巴江水世亂情如蜀峽雲委曲沈冥千萬態緜天絡地不成文

石門夜眺

雲水蒼茫月影寒傷心人傍石門灘風湍為寫東歸夢蜀道邅迴未覺難

春曉

醺眼花能醉銷魂鳥自呼情酣千嶂綠意古一江

曜夜雨融詩夢朝晴展畫圖清光春泱漭物態盡
敷腴愉

小放歌行

君在西垂落日邊妾依東海綺牕前為緣縮地都
無術腸斷青冥萬里天

春江

極目東流水瀠洄幾萬年沙光侵日月嵐影亂雲
煙漲綠防春老濺紅悅醉仙勞人思悄悄坐證瀹

心禪

秋懷

烏蠻煙瘴地众苦役微躬家國豺狼口形穢患難
中風霜凋玉樹才調寫丹楓秋老猶多思深山發
醉紅

江天

庚辰二月三日晨夢中得句覺後標題

逸鶴橫江縣獨影潛鱗銜日濯連漪夕天冥地常
訴合觀化如流盡得之

病兒吟

南國小松雙直文蹉跎移植蜀江濆經年未沃盈
尺雪三春狂想故山雲天地常改色煙瘴時翻翁
深根齊養摧本性愁心結象瘦龍筋堂上長年客
吁嗟憂如焚風前吟一曲月下恨無垠安得巉巖
崚嶒百萬丈移此勁質矗立吐清芬

花中白頭翁

燕語鸎歌樂未休碧闌干外百花稠熙怡蝶夢和

春住底事傷心亦白頭
春意闌珊花也休迷離曉夢淚痕稠紅綿粉絮隨
風雨牢落成空自白頭

雨後盤溪觀瀑

庚辰生日忽發狂興挈眷冒雨遊觀奇
跡因有此作

擲筆不忍畫丹青緘口不肯說六經胸中浩氣吞
宙合憑憑吼怒驅雷霆山川血淚零人物虎狼腥

班象賦形污絹素騰褭裁貶褻神靈君不見日月
失雙明天柱倒孤撐風雲鬱交兵霆雨萎勾萌狂
磵彈玉琤危崖布藻瑛飛澇石鼓鳴喧隧鬼神驚
半落搖懸旌飄忽若浮生人前訴衷情嗚咽淚盈
盈淩虛試身輕氛氳散繁英的皪敷春榮揚豔巧
爭衡萬怪閃光晶嫵媚踏歌行溜滴喚流鶯千種
律和聲聲宛轉泠然善瑤琴輕攏復慢撚清韻悠
揚情綣繾迅湍振錚珠光泫洗心忘機恣流眄不

畫丹青山川自有妙圖展不說六經天地自有至
文演大化縱浪呈妍如數典

淒涼

淒涼故國三年別惆悵寥天一夢迴秋葉春花時
濺淚移情濬哲作詩人

花下

紅萼嬌嬈香簇簇綠樹淒豔淚斑斑天心也管春
情老故着雲鬟為破顏

柳枝詞

鶯老花殘三月春巴江柳輟舞腰身東風無力騰飛絮不是絲條自絕塵

蔡孑民先生挽詞

洪柯拴落後風韻幾千年調古空山冷情高介石堅兜孫羅萬樹咫尺拂長天隔霧耽平楚希言返自然

鴛鴦

花時香蓊勃葉落復何之交頸萌秋思心冥二鳥奇

夜雨

夢幻斥高唐紉蘭問彼蒼如何巫峽雨一夜瀉輕狂

風雨

三戶亾秦夢萬年存魯心春秋情激越江海淚沈深元氣併天地洪鈞轉古今雷霆掃狂虜風雨助

龍吟

踏莎行

故國山圍空(主)城潮打年年血淚春風灑彈冠新沐
習朝儀狙公賦栗真和假　鸚鵡能言獼猴善
要戴牛喻馬惡乎馬物無非是是耶非齊諧志怪
毋驚詫

如夢令

寥泬江天清竦浪蕊隨波洶湧冥漲擁春歸浮起

深心沈痛如夢如夢鶗鴂數聲休哢

鷓鴣天

雨橫風狂一葉舟無窮幽恨水空流地驚吳楚東南坼身共乾坤日夜浮　花不語鳥銜愁春光駘蕩動離憂只緣蝶夢朝朝破但作逍遙物外遊

醉月聞蛙漫成四均

羲和鞭白日止馭憩虞淵萬卉香光歛三人酒態禪神凝天寂寞意了地幽玄何物矜無理讒囂鬧

大千

山躑躅

悄立危樓倚斷霞半酣春夢繞天涯如今滿眼都
儲淚忍看巴山處處花

聞鵑

流轉垠垓樂最真逍遙自在百年身情酣詎厭花
經眼醉聖無庸酒亂神與物為春心浩蕩乘天御
變氣清純聲聲杜宇非啼血夜旦長謡造化新

盆花

帶淚如占夢凝神兀似瘖盆中三尺豔世外一元心脈脈傳春出悠悠濬哲深色香堪共命清韻伴長吟

西江月

濠上自知魚樂武陵誰覓花源子規啼破奈何天泬寥

倚枕華胥夢斷　大化安排有我乾元統貫無前。藏舟於壑總成顛學道忘憂御變

浣溪沙

己卯臘日意瑰兄攜伍姪歸自大別山中積雪盈途鬚上結冰皚皚抹去復凝曾有七言長句見寄輙用東坡均作詞奉答

造境高寒掩大蘇雪花飄思引回車詩心靈幻我愁無 萬里將雛超物表一身歸夢索玄珠奇情羨殺持冰鬚

南柯子

冷月陵花樹輕風灩碧漪娉婷仙子踏琉璃一片紅芳飄淚寫相思

蜀魄催歸去吳山怨別離

聲聲子夜亂前溪更聽懊儂曲夢打黃鸝。

酒泉子

鶯囀春狂萬種綺羅情態手中花心上愛滿庭芳
漫持金琖酌紅妝依舊少年風骨血奔騰神
恍惚意飛揚

夢江南

春雨後香夢激心潮船繫北湖堤上柳清陰掩映
淺紅綃人語破櫻桃

虛舟

流鶯聲裏江南夢墮粉巖前物外輪雨橫風狂浮漲綠飄零何日出夔門

生查子

鳳簫吻絳脣引出黃鶯語花影媚深心爛熳留春住。天外五雲飛飄夢歸何處蕭索玉樓人情味

燕支雨

風雷

鬱積人天恨風雷奪魄來劈空鼉吼浪吹息野浮埃玁玁祛祅祲訇訇闢草萊乾元終古健混沌豁然開

春夜雨望

微雨小城暝疏鐙破寂寥浮光閴意海散影趁心潮夢境鵑聲占(注)詩魂莅是飄故鄉歸未得滯淚一身遥

懸瀑

羅帶當風舞玉京步虛飄忽氣縱橫乍疑趙豔飛
紈袖靜聽齊謳鳧鳳笙萬壑藏歌舒客夢千巖酌
醴踏春行明光幽思追尋遍自築詩壇壯六情

魚樂

何物恬春水敖遊不見天流形九重下作幻十洲
前狎浪浮輕白濺花弄細圓莊生濠上想得意靜
如禪

生事一首示内

炊金煮石尋常事眾苦難摧百鍊身愛着鶉衣薰
莸臭新詩養夢未全貧

書懷答仲蘇滬上見寄

萬里黃塵一夢中廿年多難與君同乾坤淒滄蒼
生淚吳蜀飄零逐客躬弔影長謠山岳壯撐胸恨
作墨池雄他時鑷髮三千丈導引祥和太古風

藜杖

獨立行天地迢遙萬里程步虛防履險致遠恣移

情意迴人間小神奇宇宙平無窮高世志仗爾一
身輕

草閣夜坐

孤鐙輝草閣炤影夢無痕愁絕猨啼峽傷多鶴在
樊小園空作賦大地默忘言盜賊潛移國悽涼逐
客魂

宵來病喘扶夢坐曉

眼底溪山存夜氣胸中雲夢引朝曦魂消遼鶴巡

天意心醉靈雞戒旦辭花影披香迎蝶舞月眉流
豔鬆春思支離病骨聊匡坐卻寫生機入小詩

寓廬被炸後答友人問

天地為廬非草昧此心安處即成家才全靈府輕
秦火神化玄冥盼惠車飲露飧風隨竈毀流金焦
土看城廬死生無變原知本未始衰鳴學楚些

堰口消夏

天開藻鏡寫瑤光地聳巉巖割夕陽逸翮摩霄斜

度影層嵐冪岫遠浮香縱橫阡陌詩情迴上下林巒野興狂巴蜀炎蒸如噴(生)甑自全清性入修篁

堰口即景

敷理郊如畫藏蜻(神)谷若虛靈湫澄竹樹古堰(玄)衍蟲魚蔭窗迷歌鳥文奇祕簡書遼遼征客夢獻地作吾廬

林巒曉坐

怡情泉寫韻悦性鳥能言大巒紛彈曲深林雅奏

塤朝霞迎日出宿霧逐雲騫扶夢盟清曉心逢造化源

驟雨

灼人烽火毀乾坤世路猙獰虎豹蹲生憎黃塵蒙淨眼鞭雷掣電斬煩冤

嘉禾

嘉禾時雨後綠縟媚清暉出善徵天性資糧養化機懷新非助長挺秀為防微綺陌香風度靈苗萬

頊歲
磵邊
隱迹巖泉瘦栖神鶴影閒幽奇盟怪石天地一人
禎
坻上對瀑同芙初
山靈作幻瀉紅泉鐵壁垂虹趁石船心海能容般
若癡惠風謞宊泬寥天
堰口隱居寄李證剛教授

近宅西溪美朝昏鎖碧煙摩霄材木（貞幹）蠹閱世鐵巖堅天窄能翔鶴山空好坐禪無心私衆妙遲爾啟重玄

堰口幽居懷胡小石

西溪風景好情識不相煎養夢無窮地挼玄何限天堅貞山比德幻化水爭妍拜石人無侶思君噴醴泉

飛鳥

行虛不住身飛鳥無留影回頭問善射發矢疑何
境攝此薩婆心觀空消日永

遊（澤雉）魚

自在耿行空潛鱗溫日影澤雉為謀府飲啄營塵
境千種羨魚情貪癡不退首

採蓮曲

蘭槳狎耶溪照水映紅頰人向花間住魚來臉上
喋不採芙蓉花但抽芰荷葉持歸諷夫壻花魂幻

作妾

林泉幽趣

巖泉映高潔溪溜寫纏綿幽渺山中人情識交為妍風篁自成韵綠縟養性天化龍舒夭矯擁劍表貞堅悠揚畫夢酣氛氲物華鮮外情多靈異內鑒彌靜專栖神禮萬幻彰慮握闢坤乾

草蟲篇贈伍叔儻

光陰鐙上燭花葉露中彩年命如驚飆犇馳不相

待存亡馮一氣成也即為毀原野鬱萋萋草蟲濯
濯在深淙嬉夏榮交親聚众顧微生俱忘形雄豪
作虎視蠓蠛羅其前趵突爭相抵楚人捕黃鵠見
得亦如此素商變節候颯颯金飈起凜凜施嚴威
戕生若按罪天地為不仁老聃負負耳有情徒相
累達生事已矣所以妙莊周高標齊物旨伍侯藝
林雄風情常飄蕭博洽窮天人吐辭如雲委餘力
寄績事偏憐草蟲美陶陶物與情羞見草蟲死悠

然襲氣母頤性華嚴海揮毫續物命生生作主宰

羣鶴下集稻畦

已斷人間煙火思海天寥廓鶴由儀如何尚有機心事不舞香風羨六粢

山中避難作

休畏強秦百萬兵逆天違道總無成徐福兒孫消逝盡花源人自得長生

司馬長卿

亙古文人似美人清才麗質逐香塵長門秋老飄紅葉懊惱尋思上苑春

裁辭協律坐琴臺心上秋風筆下雷一自長門賦就也黃金買盡挾天才

子虛烏有鑄瑰辭緯地經天合二儀狗監居然司獻納徵文那復禁妖姬

秋夜

遙空唳獨鶴月黑一天死騷屑曾颸吹思蛬語弔

詭淵玄無寐人抱影接冥理寂寞天地心蘭氛融

妙旨華鐙耿秋夢灼灼成孤美

群鶴栖樹燦若望春

鶴蹲(上)碉邊瓊樹顛春心欲共百荂妍唐昌玉蕊輸

奇彩姑射神人坐綺筵醉舞娑羅香世界夢酣須

曼寶光天支公休放陵霄客長想花容不羨仙

秋夜病起

思蛬切切警秋宵喉鶴悠揚上泬寥太息人間成

一夢萬愁圍損沈郎胥

病瘧苦無藥物詩以止之

噆人白鳥無窮患毒熱祁寒逆一時猛將花御猶

在假等閑書就少陵詩

嘉陵春水

羽翠珠明玉澤勻碧花輕颺不勝春風流最在迴

眸處波月搖情善取真

秋宵獨坐

階前蟲語響的的警秋心老我山川夢驚人德政
吟狂王誰係頭循吏自鉤金生理佳兵日儒冠冷
釜鬵

集后山句寄汪辟疆

平湖遠嶺開精神三楚風流信有人白髮情多猶
可染黃樓桃李不成春
滿城桃李一番新時送名花與報春知子用心堅
鐵石暮年當復幾霑巾

桃李摧殘風雨春也能作意向詩人起臨明鏡看
生意老去光陰已後身
紅綠相催春事闌可能無意待人看一枝賸欲簪
雙鬢乞與先生種杏壇
無限珠璣咳唾中先生秀句滿天東含毫欲下還
休去晚歲逢春意未窮
雨花風葉未宜春短枕長衾卻自親着意更須風
雨外長芒刺眼莫霑脣

寒牕冷夜欲生塵豐悴相從久更親獨舞東風醉
西子天憐猶得殿殘春

逢花駐馬尚多情樓上當當徹夜聲一枕西牕深
閑閣卻嫌晚進不同生

輕衫當戶晚風長不為遊人只自芳藤架倚春聽
語鳥此身此日更須忙

妙年得此未須驚可復緣渠太瘦生知己難逢身
易老解衣真出故人情

白髮緣愁百尺長多生綺語未全忘畫樓着燕春
風裏解醉佳人錦瑟傍
五月榴花忽見春白頭喜遇一番新才難孰為吾
君惜文采風流世有人
踏花濺水見風流東度南登稱意遊要與先生同
一醉數經奇運得銷憂
作
西山爽氣最宜秋增飾披雲得勝遊此地正須煩
一笑秋床歸卧不緣愁

秋來為客意何如六字持身已有餘說與杜郎須
着便不應濠上始知魚
遇事當前莫後機卻將湖海換西施老來不復人
間事百戰收功未出奇
過雨生泥風作塵馬蹄聲裏度芳辰及茲去去翻
為恨送與毗耶彼上人
來牛去馬中年眼困倚闌干一欠伸晚有勝緣逢
異士固知風味似前人

長鋏歸來夜帳空暮年垂淚向西風高懷已爲故
人盡厭見春泥滿眼紅

清江畫舸照新晴老眼今晨得再明別後未忘三
日語何如春夢不聞聲

末歲心存力已疲自癡那得使人癡多生綺語未
經懺何處如今更有詩

只有尋枝摘葉數行老淚洒西風 借韵 卻嫌鳥語猶
多事時送名花與報春

墮絮隨風花作塵題門吟詠不逢人可能畧不解
春意四海為家託一身
重簾深院晚沈沈夢斷邯鄲何處尋風雨喚人歸
去好不堪花鳥已春深
寒牕凍雨作秋聲未覺嚴公有故情任使輕衫污（去）
嬌色此懷端復向誰傾
此去他來尚有緣清談絕倒古無傳樽前已作十
年語可復參儂一味禪

十年為客負黃花向老逢辰意有加九日清樽欺
白髮且容秋蝶夢南華
使君情重數開樽百念皆空習尚存鬼奪客偷天
破碎也容河鼓過天孫
似憐憂患滿人間續續題詩不奈閑筆下倒傾三
峽水自攜雲月寫潺湲
賴有亭前玉色梅愁邊不復酒相開城南居士風
流在聲問應須續續來

中秋無月空警亦無

月黑雲屯天不開烏蠻煙瘴役靈臺夷蝦失佑齊
侯鼎孤負詩人蜀酒杯

秋夜風雨

飄瓦生秋夢號山響素桐愁心吹不徹霜葉洗還
紅蕭瑟前溪曲悲涼子夜風凌虛發長興橐籥意
無窮

訴衷情

人遠春晚羅帶緩柳嬋娟音信斷心亂淚闌干曉蝶蹴花鈿軒軒狂夫猶事邊奈何天

食蟹

執銳披堅一世雄橫戈仗鉞自西東爭知解甲除敖後只助山翁發醉紅

古柳

風流不學張思曼吐納春心亙古今閱盡興亡無限事一株終始卓芳林

楊柳枝

極浦長條爛熳春和煙帶月禮行人漫天故故飄
才思句引陳王賦洛神
揚子江頭萬縷金依依裊裊綰同心麴塵波暖鴛
鴦浴占得春情幾許深
館娃宮外碧絲垂舞送春風不自持殘月曉鶯呼
舊夢團酥握雪泥人時
管領春風漢水濱黃鸝囀處最饒春絲絛輕蘸桃

花浪狂殺弄珠解佩人

罨畫橋邊絕世姿娉婷作意怨春遲東皇不是風流主留與他人詠折枝

靈和殿裏占春光天碧羅衣雅淡妝張緒當年堪比擬鶯啼月映度芬芳

嘲光烺

光烺兄流寓成都近郊先接工部草堂次鄰薛濤江樓再徙恐將傍琴臺矣因為長句戲贈

琴心箋字舊風流萬里橋西錦水頭淚點寒凝詩

眼瘦妝華香夢痕幽壚邊皓月花容醉堂外羅裙草色浮杜曲茂陵人去後淹留三載更何求

溪邊靜慮　時避地堰口

天地容閒卧曾颸掠夢來養空無滯跡味幻滅浮埃鳥語遥泉和山嵐夕照栽花源清淨佳眾妙集靈臺

午夜同元龍仲霞論共予詩燈滅而意益豪因續火以盡狂興

滿室生虛白窮音媚故人情多同欲聖境幻各全真爝火天心熄祥光妙意新詩魂搖不墜薪盡更傳神

獨據胡牀偃臥林下聽流泉芙初　惝然有以瓣花相擲因戲贈

心跡澄潭影風情冷澗聲綠筠潛疊綺紅樹倒敷榮不染天花墜安禪意海平回頭鶯相顧款款一流鶯

山中養恬

山林傲兀擁秋聲四境恬愉衆籟鳴逸韻冥騰神
理速高懷默運道行成忘筌濠上論齊物得意環
中主養生日泰霄清融定慧萬殊歸一滅無明

山恬 酬鐵翹見寄次均

荒郊寂歷坐清暉盡遣機心握化機一幅高寒摩
詰畫寫君詩意媚荊扉

嘲水田鶴

弔影影不潔浴日日無光鵜鶘與作羣孤負天風
香

夢中穩泛太平洋

浩淼心為海逍遥意作舟浮天攬元氣理櫂截横
流蓼岸煙雲渺芳洲杜若稠滄溟終利涉歸夢也
宜秋

孤憤

卉服島夸千禩患蟻冠人蠹兆民憂熙熙下列錢

刀頌攘攘中官玉帛謀龍戰山河遭蛧蜽麟傷道術值蚍蜉愁看倬漢重氛慘未卜橫流幾日休

山海篇

企彼水雲鄉沈思心如海海上翻洪濤奔騰不自在潔身無安流營魄守道揆浮浮以養空為魚服不改矯迹陟崇巖山容肆奇怪玄景翳曾雲曾雲多變態崢嶸峰插天謞突松吹籟天傾山德隨松古龍筋壞朗月失素暉晞陽匿寒靆冉冉穀霧生

塵塵煙瘴滯堪輿氣宛延陵谷潮澎湃蹈節迷貞堅顧步慮危隧壑抱影坐洪崖洪崖倏遷蛻山海俱無常徒此增慷慨

題楊白華蔦蘿集

紅萼了無言臨風結綺想色香三位心披夢自蒙養

太山吟

太山不言高紫霞被其顛曾雲亦有梯造極眇大

千日月朗無私流輝滿坤乾太山不為大梁父居
其前逶迤迷近遠上下惑天田無大而不小萬象
雨中煙無小而不大微塵能蔽天凌高以攝景小
大徒紛然

鸚鵡曲 和盧摯野

逍遙自在時空住演大易宗尚尼父滄乾坤軫慮
幽玄散作山川靈雨 么 漫驚心逝水東西浩蕩
後先爭(偶)去細思量古往今來定有我栖(遊)神好處

高陽臺　赤陵江上寫意和李證剛先生

乾宇縈情坤樞轉夢斷腸人在虛船流水西東去
來不駐華年桃花浪浴紅樓影攬芳心愁思堪憐。
更淒迷雨蝕長虹鳥度蒼煙　浮遊宙合身如
寄悵神馳五岳恨滿三川欲問天兮回頭天又無
邊嬌雲浸彩疏星冷喚沙鷗伴我閒眠對高冥獨
嘯春風遙慰靈鵑

又一首

物外高情區中遠興一時都上蘭船大象空明騁懷遊目年年漆園柱下搜玄旨制寓言勿用人憐最超然指喻莛楹心滅塵煙　乾坤許合如甘露看交輝日月共影山川肝胆恬愉是非難近身邊形開自覺無成毀意蘧蘧周蝶誰眠笑行春喚夢嬌鶯啼血凝鵑

江神子　次韻追和辛稼軒

流雲銜日送新晴顯神明氣縱橫山外輕雷輷殷

振金聲導路飛簾乘鷺（去）上天在處我能行　人
寰那肯坐愁城對眾生（平）啟同情誓提黔贏馳驟莫
和平心影寫寥寥何限淚爭忍見四維傾

臨江仙

晏坐磐溪石氏林亭觀嘉陵莫色

密篠潛留落日遙岑淡染殘霞羈魂無緒暗思家
怡紅燈下曆嬌韻雨中花　羅帶當風舞彩綃
雲伴月流華綿情織夢接天涯浮香三氣合界淚
一川斜

讀易

定位揮元氣流形合大和風雲升降理日月去來
波博化行天健旁通載物多括囊裒易簡三極自
包羅

魚鹿峽夜景

六合騰煙霧三川染垢塵壯寒霾古月孤鳥度嚴
雲獵獵霜風勁綿綿旅思夢鄉纔宵岑寂蠻域侈
卑喧咽恨灘回澑緘情石作門華鐙懸斷岸綺彩

爍連珍散影迷川陸浮光亂曉昏客心不可盪惆悵役精神

千秋歲

莫愁風月。最愛花時節千重夢影簫聲咽深情何所似梅蕊團香雪稱物小靈均義遠孤懷潔杜宇休啼血內美蘭芽茁天不老芳長烈思縈乾宇外生意年年活。時序演迴環颺燁神光切

減字木蘭花

蘭膏照影意定神閒忘我境一首新詩養性梅花綻萼時。龍涎裊夢萬種綢繆誰與共波月粼粼。婉娩浮香寄此身

虞美人　堰口紅瀑

翠帷揜映芙蓉靨風韻　妍如月扶南歌斷問心親此曲人間能得幾回聞　繁絃急管花前舞灑落燕支雨餘香散盡忽嬌嗔。更恐秋來衣弊不生春。

減字木蘭花

擇甫四十稱觴拈得一解以戲之

芸香薰夢學海書城南面控柏葉松花盡入春明次道家　魯魚晉豕拄腹撐腸歌樂只四十稱翁。燭影紅搖兩袖風

南鄉子

元氣鬱縱橫詩意禪心自混凝大美不言天地寂生生。眾妙之門縮六情　道體更無名感應隨時與化成。方外獨標齊物論闔闢彼是相因任兩

行

清平樂

簫聲好處事與煙雲去夢裏難尋天上路剩有人
間愁緒　瑤池朗月初開佩環冉冉歸來疏影
暗香空滿東風蕩漾春臺

清平樂

紫霞流處欲駕蒼煙去　蹈節高寒綿邈處拌卻塵
寰不住　孤雲靄靄舒懷浩歌閶闔雙開八極

神遊無際淺深常醉蓬萊

菩薩蠻　庚辰蜀中除夜詠梅

冰魂不怕東風阨移根竺守孤標格瘦影為誰妍
一心玄又玄　蒼翹常自葆玉骨天難老明日
更生春芳菲適我新

浣溪紗　庚辰除夕示內

燭倚梅紅韻最嬌樽浮蟻綠興偏饒同心爛醉話
今宵　十載綢繆春窈窕　三年鞅掌夢蕭騷蘭

汾莅秀首垂髫

點絳脣

孤負花期，幾重歡意空回首。春風依舊，愛捉殘枝齅。

芳思沈冥，謾說天長久。人焉叟，逝川東走，涓滴西還否。

點絳脣　梅

無那花期，江南詞客頻搔首。幽香難又，暗祝天長久。

輕夢無憑，睡裏眉尖皺。相思瘦，淡妝時候

數點春心透

松　辛巳人日遊山作

青松老更狂勁節一身藏雪淥龍筋瘦風培鶴骨

昂貞心常傲古耿性自凝香春色來天地掀髯看

世妝

悶

妙躅巖前路微哦世外音尋思千嶂密造意一江

深夢繞吳天樹愁張蜀國琴人間多少事都付與

狂瘖

春從天上來　踵李證剛均記冰天雪地中探梅

海角尋春問甚是黔嬴故故藏新玉壺天地堅白

琉津。蒼茫徧灑珠塵喚飛瓊停舞乍揭亦皓月澄

芬薦衡寒送梨花好夢天也能仁　相思斷腸

一夜謾猜(紗)透(解)冰(連)心(環)(意)鑿(殷)破渾淪塞北孤光江南素(疏)影

鮫(妝)綃(束)暗(護)綴(擁)香芸看(裊)娉婷多態飄然醉幾度歡欣祝

樞鈎留一枝清絶長伴天民

玉樓春

陳止齋云屈原賈誼陶淵明文辭皆善道孟夏而悲樂不同
辛巳上元證剛先生出示迎春樂探春令新詞二闋抒意芳菲蓊勃
余讀之衷抱獨覺悽異因易調奉和不知是血是淚也

莫教高枕迎春樂夢裏江南生意惡風塵低亞鬧紅枝糞土摧殘灑綠蕚 人豪誰坐江天閣。潮尾潮頭魚奮躍尊前鶯燕放春嬌愁殺汀洲芳杜若。

雙調望江南

小女天心泥問何日歸京書此示之

堂前燕嬌輭話殘陽足踏飛花輕似夢口銜紛絮

冉如香歸思幾年狂　條風惡人海一身藏為
斬葵心施峽雨也飄桐淚架疊梁腸斷水雲鄉

雙調望江南

花如霧霧密好凝香見說霧中花窈窕矜奇翦霧
作春妝夢影足輕狂　春住否住也費思量花
若隱情花更苦一春摛藻與春忙不語斷人腸

午夜聞鶴

華表標吾土人民詎已非飄蕭孤唳月心國不成

歸

採桑子　月夜鶴唳連想太平風色洋上風色

長風吹落頹陽去元氣縱橫海立山傾虎變經宵
宇宙平　珠光絡月團香雪踏碎瓊英八表神
行洩露天機鶴一聲

絳都春　春曉雲山

晨妝乍改對天地意密香稠深拜往日麗春今日
熙怡依然在年年花影渾無礙更瀟灑春生眉黛

小屏幽處含羞試結寫心歡帶作態瓊簫泛籟綠雲斷隱約遺聲天外杜宇喚歸迴向人間還飄莚多情終古恆交泰佳冉冉芳菲三界風期日日宜春頤春不壞

小石貽詩慰余貧踵均奉答

剎那大大縣千禩泰山小小如稊米妙道無名天地始青冥度鳥影不從提神太虛遺塵滓有耳能洗潁川水攝心觀世伊胡底無相為相誰臧否悠

悠善善不善已長劍何年天外倚相人如狗徐无
鬼孰飽而止施之筆傻兵造兵成與毀下士笑道
在馬矢是非黑白戰群蝗空虛傳音跫然喜咫尺
神來勢萬里譎辭貞義施蠶希覗風鑒微胄生蟣
古史徒傳神農耒厥田稂穢紛瀰瀰藏身野澤甘
笑莊劇秦美新雄朝士伊余安貧恥無恥

朝霞

嬌娥鸞對菱花影靜女新裁玉綫綃故國天涯紅

參夢黃鶯喚起赤城標

風止看花

東風轉地作輕狂皺綠凋紅夢一場應共詩心吹

不損朝來花發滿庭芳

隱几哦詩飛燕窺簾因戲問

微吟舒繾綣衷一養心和物我情無間天人理載

羅衘花窺律細舞豔獻春多借問窻前燕輕身欲

奈何

春雨宵坐

悠悠天地闇山川鬼瞰之飛廉翕忽來呵電以矜奇飄瓦耿幽夢春雨怯繁枝低壓濕紅重片片摧為泥繞根不忍壞（污）芳烈似舊時埏埴以為鑪深心見巧繼於中熏龍涎馨馨永不衰燁燁斗室間虛白一鐙施兀坐零畸人倚天章春思緬想清妙姿春華年年擷紅情鬱紛披心冥影不移穆穆媚真知綽約生嬌癡亭亭臙脂蕤溫柔耿教詩原天言

非吹共命以明夷一室異安危翼翼孤蛾飛鐙炧
發華滋幻彩殷離離張脈趣炎熙纖物舞傲傲投
火甘如飴道種人興悲覩此情悽洏極物以為慈
精神契牟尼

磐溪郊宴證剛先生談鬼助興

傲兀巖前坐心淵湛夢多山花隨興發雲影帶恬
過談讌風生趣聲情物養和國門誰磔攘載酒作
春儺

定風波　　磐溪郊宴止酒看花

莫把金甌故惱人。看花不語黯傷神。昨夜斜風明日雨茹苦思量無計可留春　陌上征衫尋夢去。何據鶯聲歷亂舊嗁痕謝粉飄紅香婉娩淚眼滿涔雲水碧粼粼

阮郎歸　　磐溪修禊次均酬李證剛

胸中瀟灑淨纖塵芳菲適我新地仙騰想作天人豪情妝點春　攜玉琖坐香茵。瑤池淥水濱清

虛裒一眇全真風花酌酒頻。

憶秦娥

隨珠燭火前輝映人如玉人如玉嬌波橫出斷腸難續

氤氳飄夢香風穆蘭房婉奏幽蘭曲幽蘭曲殷勤歌罷更彈秋竹

又

紗窗綠清光掩映梅妝束梅妝束天然標格韻添初旭

春風吹皺江南淥四聲誰弄陽關曲陽

闋曲舞休歌斷翠眉峯蹙

善哉行

辛巳上巳前一日集沙坪酒樓分均得故字

元氣馳埏垓施生各有錯斅愉揚新姿倏忽翻成
故頑俗逐物遷乘流如斛計喪者憎忘歸弔者空
追慕如何耽罔兩終始不驚寤大愚增一惑煢煢
封蹤步澤壑潛流從迷藏猶謂固斷夢無形迹攖
寧在何處達士自拔俗觀化同天趣神龍與靈虬
蛻禪理森著喪角復棄鱗雲津恣遊豫天地雖嶮

介善行不失據至要握在我玄風泠然御抗志蹤穹蒼高明絕塵慮含弘斡二儀遙情兆太素

鳥櫻

胡姬空自媚無語向春風弄影嗟亡日移根泣斷蓬漢家恩澤重上國德符充靃靡梅蘭畹含羞寂寞紅

人月圓

莫春無鵑次均和唐圭璋

溶溶澹月穿瓊樹，倩影一庭花。窅冥香夢，淒涼詩思春去江三巴。黍離歌罷無衣詠起，更賦苕華。
東胡未滅蜀魂休勸壯士歸家。

淬伯教授為余治印賦此奉謝

天地為方寸堅貞韞六情渾淪誰鑿破大理自充
盈若石驚神技藏刀得養生玄黃敷萬牒遂象見
文明

贈報國寺詩僧果玲

被褐栖金頂熙怡飲佛光無傀流寂照有性透微

茫世界聲聞小心空法住長白雲開覺路詩思攝
天香

故國

漣漣春水淚痕深夢裏華胥夢後尋眼底橫流天外
事冥茫何處着詩心

病中聞小石新愈詩以代柬

有情相累競無行殺戮迴環代耦耕同作維摩君
已健應緣病病覺羣生

巴山晚眺

高聳遠瞻意無窮萬象掌青郊滿風疊疊龍文天
蕭績層層夜影影地浮紅江飄羅帶情浙勢呼山從芙
落近不知二日月交輝成太易極持之氣貫三微躬

月夜乘流

荒江萬里程一葉鏡中行倒影影天浮鏡前神我鑑儀
平闊秋娟理萬月上高情協此篇州遊煙霞自信盟

石門侵曉

煙雨霧聚不散時收翠羽的珠傍徐楊吐仍舊詞月
口意曉風殘月夢中香

羅卓英將軍寄示上高會戰凱歌四首書此答之

悍筆抒武弄孫文曲爾新詞紀戰熱徐筆聯揚龍節
氣那戈馳架大筆犀筆驚狂雷電存亡繫調紅風雲
勝負今途將筆付燈畫閣山川又掃靜妖氛

秋夜

有月詩頻覓無心夢益賢堅寒添倒裡燈遠亂江天
愛世觀風級霸神作為泰莽收吾語任勇敢莫徒然

秋夜不寐

思著樓空念難懸問天心秋煤南華蕊依稀月下寫

雨夜秋思

坐聽林聲悵秋雨還新愁破國人傳陳佳兵鬼一畫謀

高天長盡世厚地穩藏鉤，玄夜玄明獨樣者行，寂寥尤

秋宵吟　辛巳八月朔日（中秋）館感賦，調倚白石

瑤雲屯。霧雨霄。氣勇風蕭秋早。幽思遠。西風沉山雨。斜陽泣廢文老。拗今翔玉兔殘。夜久令陽烏仙鳥。聽嘯聞著寂日暗積。曖空易少。四野皆沉。寰宙合無邊了。謝莊賦。宋玉悲吟。綺羅夢才藻。空作多情惱。健總成形。圓缺又成。驅馳陽窗漸老。欲逃天日書要趣。

鶴沖天

山此笑，水增香。臨曉試新妝。倚花扶夢步生忙。花

糖隱蓋郎

花依花谷人依花外更依人親對

花脈脈引愁長長。蝶舞蜂輕狂

浣溪沙　追和東坡

香肉可魚命者蘇衣朝在市華香車人間底事

本來無　膺口銜詩勝可結撐胸飲恨虎

千珠狂風吹面立髭鬚

卜算子　第二用東坡韵

樹鵲立層霄寒〻穴秋蛩靜幽夢飄蕭太易

聽天攜流心影　區宇闃無人眇慮誰能省

荒荫鳴嘯撫八荒吻穆天風冷。

霜葉飛　秋山望眺偶寄宗頤

夢魂細緒。披秋思、蕭騷孤倚珠樹。半山霜葉鬥飛花
渾似飄紅雨。又逸鶴、縱橫振羽。高寒誰共論今古。正意
入鴻濛，海霧密雲，聿緩緩、激揚巡亭。溯洄望蒼
日川原慚魂吊影，恨極江人今非賦，遠空文錦箋青霄
未老天無語，悟攜信，秋痕萬縷，支下狂想凌霄去
汗漫遊，憶塵上，故國蒼涼，繫心何處

中秋蜀江翫月　辛巳

空水淨無塵，氣盈夜裏涼，神州間共霜，骨萬古大
風新共影，雲龍鶴多情，物我人佳期，秋從萬萬目

阮郎歸

采桑子　中秋月將載詩遲賞示芙初

年時未解風光好仗着吟々遊奈何月愁何欄縵生涯夢裏過　如今轉被風光惱日當詩歌日入詞科誤卻佳期負嫦娥

石集飛勞示芙初

幽奇事意年時過欄縵詩情夢裏藏秋水也
初秋寂寞點愁微庭趣花開

啼餓

頭月赤黑盈天下飢關由來不罪蟲蝗保貴侵漁

民所食論衡今古共王充

除字昭君死以

寫恨愁愁寒澤昔昔朝朝號哭巖前白石本

螢螢之雷鳴　東海橫流血腐西海狂闌腥濤

東傾西圮兩難全奈何天

眼更媚

四年人別蒼京華侯廬遍天涯伊誰能院江南

秋被塞北胡沙　飄蕭鵝夢御何處血恨

梁山花開幾石佳思聽林表鵑哭無家

偈[illegible][illegible]禪堂黃桷樹上摘洪咒與偈
翠蓋千年定意風蟠摩、天地意無窮羣
咒解得玄經理也偉狂夫證太沖

曉

朝霧因心者披識術山川山川欣所遇含笑發
真妍

天竺詩哲泰戈爾挽詞 代中國哲學會

東方道種智證得依林藪園丁新月夜玄覽
淨羣有
佛神託性天博大真人後燦爛死中生發心獅

子吼

逝者全其天榮名長不朽生人解博愛萬
古以為壽

題江陵三峽竹枝詞後

三峽詞源學楚流騷人開驛木蘭舟迷詠
雲雨高唐夢宋玉迴腸不為秋

自題小影 三十一年元旦

乾坤等量含元氣日月齊光燭妙門寂廓
谷神成一我恬情放赤入真源

無有歌 Nāsadāsīya Sūkta

太初當有有無爲無大氣未形三光未舒包裹天地
者謂乎萬有依此何所安措、者謂沖淵淵洋洋
冥巨測諸
太初冥無無有生胞白晝之夜形時未起太一壹
氣塊然獨峙閒呼他求他情是曰
闇昧闇昧幽藏闇昧原白水淳濟濛乎天地
渾淪含和太一紹降雨力自然之同出異
似真者杳冥之初兆始念生起心胎所種聖智
陶情窮搜幼眇萬有空冥淵之探討
神火飈燁洞之燭幽上徹九霄下貫九卿恍惚微

茲惟緒誰抽生發大力旁礴周流形式因衛
功能不休
知者伊誰誰能照示宇宙生成何緣何自神靈
未起誰畀真智有作無作兩疑根義真宰
高明知之也未

平準書書後 三首

建德安邦擬十年起兔承弊運堯天降胡葛
紛逢運乘捕虜千夫受賞泉水孚直龍文遷
御府均輸冠蓋坐街塵可憐郎吏無才識
加俐靡居岳邑闕

廷對峻文能勃鼠招郎國夢助登天壽秋
布被微言在山接珍藏大義先衆裔服鎔
成箭絕心中計留丹攢祥煌大賞金除吏軍
功題卜式徒贏十頃田
六術從來策萬全指揮能了在旋乾開擴不毒控
民利橫飲直成王道先國學一時功勞地郡圖
曠代翼登天民寶藏莫無覓非若平蹤
百方出富國以冊
丁巳園賞梅訪志希不遇因戲贈
登紅披夢吐氣氣安去何年化此君莫

逍遙門外閑也妙先入得味清茶

冬晚

雲封霧鎖遠天寒玄覽詩狂淚不乾
空宅心迷舊園莊嚴妙善夢中看

臘梅

冰雪神仙骨亢氣夢窺婆姿顏心披點點妙相碍
時時旭澤作微笑和風[illegible]靜思寂齋天地間
纔吟一首新詩
思望鄉鄉

雞鄉鄉雨資通仄四季園胃蛾隨年積

杯手遂窈飛天行龍德忽用玉靈肥大浸伊
詠蝶莊生意密微

西湖夜景偶想追賦

內安外馳機象妙靈潮徹體碧油油瑩素
月納穹神照泯色隆心夢影幽

梅華墜硯感賦小詩

冰心入墨也黑常隨墨遂丟染色著心香拙天文演

歎降降佛文殊伺候圖

壬午元旦

秋聲南華夢不飛狸奴行隨甯心無點形忘得
徒相畢怪底人間失太平

寓所作寒梅水仙之軸字題小詩

剛柔之氣一心栽赫奕神光奪魄來高格幽姿雙

國豔披香颭爍勝坡埃

木蘭花慢　辛巳除夜作　瑩

送梨雲飛夢誰裝出萬重花。絲密意纏綿深裏融

洩心地無瑕、儂家一身亮采似嬋娟姑射冪輕紗。今

夕玉壓奮藻明年銀海吟華。　奇葩。傳無自高永

奢。英設說字詩。維瘦枝孤根寒鄉秀葉了也從陵

茉。絲縈。萬千芳思、葛暄妍華色娛大陸。看取日明

瑩三界、疏香淡影橫斜。

丁巳園內花盛開志希邀賓朋欣賞

坼妖精國破放豔說春融蝶夢形開覺鶯呼色嫩空交魂驚贊白味道晒衣紅語默臨芳徑青野樂只同

梨花

絲纓披白綃綽約舞陽阿影安雲浮暈神來月飄渡移妍天袘媚比玉色香自如積雪幽蘭曲春人懷苧蘿

春曉

巴嶺二月春寒目鏡陽晨嶂脈盤元氣江容

堪慕鳥歌天地善花香性情真意極醇
和理秘數化育仁
倚祝錫永吳生
吾生如鳳鵬飄蕭放情志騰飛培天風蓬蓬
浩氣棲鱗於膝我小膝遐自覺扶山超比向
天機動息言及行登大皇吹息照萬數
鶯鳩槍榆枋矣鬪控於地裡奴衛腐鼠嚇我
以飛勢卑身翻跳果見得驕甚隨終於中機碎
天刑接令更還騰翩斯習鳳鵬寥穴解高誼流影
垂天雲超遼迴飛企

中央大學歷史學會年刊箋辭

從橫我國吾無策瀝阮生民世有人評論窮與以究

電今貲婁說進自通神網羅放失標言例識、正荒亡綴

事因斧鉞誅保雜載參互稽今議古適窮辭

點絳脣　聞鵑

月下鵑啼無魂懷愴山川寂。萬千孤憤。寒欲

大難問。高貴全歸壯志憑誰訴。芳菲褪。

幽蘭身分。九畹秋根恨。

香眉[illegible]州　人有從孫隨若干緊方而譚其真薄孫孝賓方文

[illegible]斬而不与余戰賦此以解其窘困

考陳職要苦（手）形勢自守機緘奉事功出入

真空絕有終含弘妙有氣象萌含衆宏追
濟情雖挈得實攀援無不窮勞擇勝
仍微遊奪沈郎胥樓雨聲中

雨夜待曉

寂歷巴山雨旅容楚客吟夜來心似境世變意紛紛
身世我家天地感和年鬼神靈風遲（割）初旭還物
煥外春

（　不寐

蚊引解長夜鵑啼夜夏移乾坤存誠誠不
寐為蒼生

次均半酬心香老人見贈之什

盈庭龍鸞敘彝倫背棄萊衣話要新 正
庫文奎齋格攀照怡南極逸如神
羿戲摩挲大律蒼暉江東人唱玉鱸肥保楊城
郭暉如蒼留鶴夢飄簷幾日歸

漁舟

出水淵波箏彈窗意砯濤雕劍射擬窮輕舸
出沒煙江一衰網得流冥覓化源

酬友人煮茗談詩見贈之作

詩夢悠悠遠茶風習習香境奇心會節韻

騰京迴腸抉律還教學授交入民花高情望
著家成名醉發情狂

風葉

款款數相逢飄飄會列仙碧落尋遊漲園摘
甲文鐫密落葉筋骨清含旭澤妍幽情舒纏
纏於舞倚宮新

得見羣山在病榻只憶舊句燈均寺冬
子規啼血怨歸遲寂歷巴山夜雨時萬態懷
夸豪氣起千年存與幾人知蹤財穩物黎
民困紓黔編愁楚寄思病滿羣生應有日維摩

寄声 以筆鬱佳炯

晚晴

夏雨初霽斜陽照萬峰似光光映淨蓮一江勝攬如畫
紫翁

初雨夏季新晴夕亂霞籠花開疊巘萬萌苗
情倫寧照天微笑潑輝地絕塵兩間甘露滌傲晚一
詩人

荷池

撥散芳池翠藻村蔵蘿新從白芙蓉密叢心
境塵妙淨蟹彩珠光落影從

風雨書感示友人

天地為之黯山川為改容驚飈羅萬向權石損

堯封浮競黃埃起浸淫帝診癃真才誰賦恨化
劍自成龍

毘陵即景

金鑑拂塵埃廓神綢照來人花紅猩渥腰柳碧
偎偎笑靨魚輕噪李情水瀅瀅戲盤熟容天問意
盡夕陽田

題人色空唱和集

有口莫吟詩有手莫除蓁口承射工香舌水手揮造
化身獅子社南社北無限春桃李蹊旁鶯吻嫋為申
色縮燈道經華拈華佗五禽戲行者攀躋陸渾山

華容情渴渴加止甘泉燃酒雲陽宮丁壬會合從此
始吞燕食豹鶩知名哀以救乾陀狂白耳圓目仰鼻
咸兒齧排搖而和順綠麻鼓吹[漢碑]窩浮舟網然
蝘蜓過之宜留文

雨後極眺

棲閣崢嶸盤吐高氣破陰惡楚歌旅河山
破碎天涯問捲淡雲花影二毛

破曉　壬午六月六日作

荒鷄呼出天邊日獨鶴攜來海上雲三界紛綸敷
藻繢含章吐曜旅游文　地空天三參義極吹陀不從佛說

晚望

錦帶澄江飄遠思危冠絕巘竦高情纏綿煙翠微波衍縹緲雲紅邈翩迦心上春痕[illegible]天邊花影月數縈無窮意緒誰翦化作霓飾八紘

蹤偉骨　　夏晚

雨過天青夏雲裝就秦娥面浮花夢律韻味優曇舊。萬化隨情綠綺言思衍風情要奇懷馳夢五柳先生傳

巴江秋夜

横帶籠巴峽　照鷗刺蜀船水空燈一色星月燕
雙妍翠織邦家夢人援妙徼玄嘯歌情夜美
心影絡長天

點絳唇　壬午七夕

過了青春秋何始放春人度鵲橋愁新慮羽語鳥
啼曙。　天上人間情在無情處。年年誤未成
春趣陽夏尋春住

歌樂山觀雲

雲疊蒼山川巍峨終在眼無風吹不壞時作
紅旗顯

秋夜書懷

一鐙煎客淚萬幻影羈危夢宵塑雜織愁多月不窺嗜膚饞白鳥嚙籍聞黃鸝點黯人間世光明詎可期

俞大維兒始英譯佛典一種賦此誌謝

等觀堪解蔽習禁未降魔人世更屠窟蒼生誰止戈心兵隨識主妙法養天和貝葉尚三毒因君謝佛陀

雜詩十四首

心畬老人用王漁洋秦淮雜詩均歌詠舊事寄[illegible]

[illegible]溥儒超曠[illegible]之義並以美余亦擬[illegible]多端[illegible]說[illegible]

壬午春九

熹妍皇月入雨舟奪魄光芒影畫樓朦絶縠紋
縈治夢為情牽意不照秋
盤谷樓神遠集瑤自營天地復為九舊驚舟壓
傾時運苦憶丹邱舊隱居
山尊嶽壯逑高情鳳閣龍樓更有名白日驚風
飄不定降王易幟次沿逢迎
自許收京得句遲可憐玄鬢久久成絲空懸膽歷
無人輸漫漫為詩篇不適時
叱咤風雲得意秋繫情卿相作西游新周故宇
全高尚楚宮德編萬古愁

名園秀色自清華甲第重張矢口誇賸水殘山
顛倒樹餓人猶說故侯家
障空讖彗掩奶光咄咄民謠有二王蜀表偕亡
從此慣不堪嚴峻起隱坊
民無藏蓋妄羅仇贏得君王帶笑看附耳星明
還入畢國人流涕送天官
城郭依然勞綠楊春風吹緊攪衣裳遼天夢鶴
歸無翼黃口啼饑惱阿孃
鳳去樓空舞玉簫泥花何處取風邀彩雲縹緲
煙霄迴獨帝鶯花罨畫橋

整頓乾坤勝負分明空庭不共舊燕茶風香度
遽萍口霍肉霑擩蛺蝶裳
長安市上翦青羅幾欠中原起戰歌家國無亡
等閑事後庭酣舞遍恩彼
潮打空城帶淚間荒祠閑御蔣山君何年得將
驅驕虜兵氣銷為五色雲
青溪水照碧於藍空鏡照柳影纔千古風流
佳麗地空留腓草徧宜男

雨不絕

無情天亦哭淚洗破山河借問登天者精誠孰與多

雨夜偶述

蜀山蒼夜雨潤土已透華稼樓從楞腹泥污戒
容身驚秋蛩吶吶悔寫伉信信高下松林綠
綠我免世屯

十五對月同美初

皓月初圓夜清輝半出雲貴華鋪地理揚
乘揆天文影擊人超妙形皆物氓楚乘龍還
俯瞰朗照意盞蓋

枯樹

葉葉飄蕭颯碎飾枝枝撼超滅清華

藏穿梅穴覆貞木表裏山河莫渡濤

報弟書懷

曹闇今何世專秋不貴賢圖難人袖手仔
矜我眼天獨夢華骨境聲謠跳躍筵
含沙三域畫筆圖無陶技

攤破浣溪沙

魚鹿斷刷翡翠水流淪心人在蜀江頭撾莜趁
新成萬化孰藏舟　鑑靜量平思窮窮
蒼空比德夢悠悠。塵世坐客無處服一莊
周。

寄意魂二首

乱離經五載辛苦豈徒綏雁叫龍眠月書

遲禹道天門復離下峽商庾引隨肩夢繞

令原樹咽心託杜鵑

文字第八處綫縫不能獨照

觀畫展

落墨皆成畫無聲即是詩妻肥神款款

蚕衍遞祁祁還想并形度經營任指麾丹

青繼段富妙得復何疑

戲贈冒君

兩郎莫花專恨長莫人無知語舞芳姿

身弔影鴛鴦夢々雙袖搏風快蝶狂五
夜蕉聲々和淚滴傷園琴弓引裂肝腸占情
朽麥秋淚化擲枕搥胸問彼蒼

改前作

月下癡花春惘長美人無那泣年芳隻
身弔影嬋娟醉雙袖招魂偎儂狂霓裳
甘蕉和淚滴風弦五管裂肝腸占情朽麥
應淚化昧昧渾渾問彼蒼

再惱易聲

懷鄉春魂寂悲涼夢影幽浮心蘿冷々

豔著意斬還年歌哭嗔人瘦頗狂入
骨愁紅樓寒惻惻吟瘦瀨香稠

三 惱石磨本

雙慧瀨情懷翠玉同心共夢住紅樓
人間天上原相得龠關竅通一一氣周
后明夜迢迢想追賦

瀲煙融水月蒨影映花人藻麗低昂鏡
芳菲稱後身搖情蘋野語欽意並傳
神一舸學詩夢明湖浩蕩春

淵思

故國蒼涼路八千　雪飛蓬集自年年　充塞
瓊糕（注）　餞仍飽　羞無觀　霞裳衣冷六妍　江介悲風
偕落日　鴻濛屬　鄉音引　凌煙胸中雲夢渾
能破丹穴迴翔鶴唳天

江城子

嘉陵煙水最無情　衍滂泓　琤琮盈盈　靜照[illegible]人
憔悴自空明　峽月巖花徒掠影　年少去　歎浮
生
　雲霄萬古意　能發賦東征　復神京
超海挾山賈勇　斬長鯨　提拔龍泉　乘鸞上
抽怨去　說天行

定風波　仰之呂欽醉筆書憤

彈鋏無歌不為魚撐胸豪飲慶敲壺膽態夾轍狂醉後攜手驚天動地是吾徒為甸壹封沈陸痛飛鞚平戎萬里屏真儒紅旆高標風拔海蟠彩龍韜屑略威東胡

浣溪沙　同芙初夜讀偶想京高清韵

湘[illegible]帙繽紛翦燭翻瑯嬛縹緲花看幽人杜思屬青山　生久無毹心耿耿阴郭成夢少閒情情字生祇得我開顏

行香子　三十二年元旦

也難無窮飲恨撐胸巨滔天泯夏爭鋒
鬼諏龜契六術橫縱更一年苦一年窘一年
也
幽通誰賦黃神遐邈問烹鮮幾世
偶逢捻看斗柄迴指霄東但察時交歎時
運說時空

臨江仙

石門飲水同陳秉疾

嘉陵春水縈隥碧石門雙瀆東歸體仁
循理識危通無私成化美莫若寡微賤　受辨
遨舍無窮傲天人內外和同　量平鑑靜德符
充兼懷萬物非是是非空

元日夜坐

蕭索蘭釭照苦辛，高寒江閣一詩人。雞聲苦苦傾時運，千載憂來節義真。

人言蜀山皆上帝造分天地時所餘材料因戲為絕句

未覺黃山帶蜀山，瘦侵詩骨更堅頑。天工造物堆塵窄，留與愁人一破顏。

新得煙斗

愁中歲月萬愁添，夢裡山川又夢潛。故國蒼涼甚寂寂，煙霞出膝起莊嚴。

雜興

沃野人同款款心燈禪花影慢來深古蘿
不著青銅鏡引夢鞭芳何處尋
潔白生綃無一字憑君灑淚演心源此是
諸天非想處花香無為語不能言
積影化塵塵外想着花中酒北窗來也應
香積梅千樹種入心窗自在妍
彩雲箋上來無相隨墜粉嚴來夢有痕紅葉
年年香不減攬人才思斷吟魂云
心海常為百谷王也能安熱也清涼來時

秋無窮意一齣寫沉秘密藏

日夜觀霧

三界圓融霧所成何妨慧眼運神明高深
遠近微玄理內外幽微寓腠情春去來時
花繾綣詩綣綣入韻意沖盈千山月傲流凝思
胸次無塵萬象瑩

長門不怨

長門日日有春光一種風情異樣狂化蝶
紫魂垂邊嬈緩照怡宛若佳晴陽

聽崑曲

西樓皓月鬥青娥鶯咽燕流宛轉歌為有
香魂迷去住縱橫才調落梅多

葉太夫人挽詞

禮則淵源宋氏經風神散朗謝家型芳菲
穀實園畦茂稠疊兒孫嶺嶂青繼世勤
勞傳德澤高誼人用至服心形銀臺未獻
無疆奇憾於今勒弇銘

報國寺詩僧果玲寄示退院詩篇章賦

敬酬答

人區天外一詩僧白法精文顯大乘十載仁

利桑下宿三宗妙論域中宏今月纏累樣猶
寶淨眼觀緣獨照微預借上方如意影寫
吾聲境玉壺冰

翠鳥

疏柳枝頭翹翠鳥纖歸沈隱自清高
視閑心急寒塘上故向人前亦翟操

賞梅

犯雪出心原極知詩意尊高氣盈宇宙聖
學改乾坤蓮玉綻傾國桃夭任倒樽空空
專一色一色寄梅魂

歎

吮血磨牙不貴生，蠨蛸網上氣縱橫。世間多限傷心事，嗚咽冥冥斷魂夜聲。

詠史

國事不同心事急，班書馬史故依然。文人已遣作揚子，說計窮應存魯連。

紅梅示芙初

界庾嶺紅間淺紅，東猶相與說幽衷。貞心入骨忘詩老，妻態憐神氐色空。掩冉魂飄冰蕊碧，輕盈香透月波融。江南結綺歌年

少羅圖多情慰道窮

鶯啼序

癸未元日立春詩朝飄雪西窗四千有

江山坐愁夢窗擁晨衣待吐從梅蕊香低心會謾縈詩思千縷。播幽韻風情曉絕飛瓊遣繞紫庭樹。怕夢魂悠颺素遲迎花先舞。

蕭灑名姝燕髀玉蹀從昭回遠步。杭倩袂翩若輕鴻穠鬟微笑嬌靦。冊窮觀陽阿態軼做模樣夢情說與。嫺詠王司馬相如生賦。

蘭幽儷曲玉白附形固節尚無許。積李蘇潭數天地萬

里同縞淡冪鮫綃美增應宇光川璀燦平
原華貴闌干頻倚就發窮向人間點綴荒
寒邊趣。冰心冷落簫量畫出堅貞姿峯邐
迤高古　蒼茫舊國野闊天寒恨未幾
淨土正緬想梨雲飄夢繞錦瑟年華影
蘸情瀾漫盈燈浦淒涼藏寫胸中孤憤痕
峨嵋雪晶瑩浪意無窮攪罷琴弦譜
逢春盡老窮荒海角天涯未迷春幽
春
旖旎風光五百年照忙猶覺夢魂縈只今

春在人間來鶯燕呼儔野曉天

俞大夫人七旬壽誕獻詩為壽

露除花光郁霞升紫秀開開曉禁閬閬苑芳
樹繞春臺妙性聲詩定袖收日月聆怡顏職
天地傳璣璣醉蓬萊

野馬行　春雨晚霽觀嘉陵江上春氣

野馬騰奔競蹈密後步川西郊紫征途皆曾
不瞻彩陪森蒙宿霧後前謂沸陸陵陵攬玄
雲騰想鬱鬱祥煙入閣以為明業以為逃禪度移
從前欲野都業霞仙飄採無窮飛傑分照下倫

惴惴仍不可測翻覺路終天堪踏霧中安盤
桓猶自賢用擔深行事趨危，獨爭先幽險安
知那攜屬兩茫茫

休說紅

休說紅說多紅色改容顏合翩艷花倏忽凋殘
來舊紅落染著新紅新舊推遷風雨中
休說紅說多紅依舊光鮮日日新文木縣紅豆
萬年流行冬後多盆藍感結同心人

從雁聲來寺越嶺下屏頭岩

和煦獻初夏原隰樹影青青芸芸風風翩芳草

逸翮度高冥雲霞垂象麗山川寫性靈升
降撰玄德玄衷一守清寧旁通制大理乾元坤
流形品物常推遷新故運不停化工哉太和
從數播芳馨遊人歡天健與此時亦偕行杖策
攜童稚從步越郊坰身輕神超忽窮跡入山
陘嵯峨巖巒秀騰激我揚轉究轉奇
呼名拔節兒升嶠騰誇我揚聲遙遙山高德
及樸示堅貞兒自有巧慧守雌味嶺瑩尊氣
柔克之容靜後其嬰物徼的窮觀著莫名狀
獨坐久悅山光鳴禽為調和笙將奏時相和諧

客傚耳聆快律節陰懷答鄉音曉情賞
心齊物我悵忘歸親朋許山窮歷覽曠若澄
沖盈極目眺大荒馳神營八紘逍遙去無界
日落山淵平

晚霽

鷺啼新霽翻飛雨洗乾坤江寫桃花影山披翠
溪魚浮水
翔禽鳴絃節朗照淨綠斂微言正樂營交響
澗泉林蝴
靈臺正贊化元

生業

蒼竹盛丹泄動心節神化內石關室勝宏心

專氣行無事，老子胸中有秘藏

山水趣

廣錦江流經畫眉山，欽容原係情脈脈
意容理畫畫寫夢書難佳傳神似承宗
天機成妙界，仁智一心諧

彈子石陽江望重慶

層樓迷境岸上氣鬱雲城，萬紅人花出千
真雄鏡橫度香迴綠水，晴倩駭丹紫一手調
書韻風塵夢又驚

雨中極眺

黯雲蒙大象白水亂中天絕蔽觀無極
微言證有象罨空噎海魄毫末以天山較鉅
細微同異莊生意聃法

君毅新婚李之求

日月貞明際乾坤定位時百花齊發秀不二
氣合成奇露屢同心苣香稠對影帬帷娛神
閑並匣射得無聲詩

姚味辛寫示哭作詩賦此慰之 如乃名松圃
學藝淵無圍風標應勒碑慮樽點道用
辭歲為憂危嘉遁娛親老沈冥數夢采

真純孝子傳篤厚令原詩

荷池靜觀　靜亭亭纖

瑩鮮水一泓隨鑿止見心服綠淨田田累紅

新的的葉懷芳存妙想探志寫幽情

遙樂儵魚出蒙莊逸趣感

石門鄰叟

本自無生性何因有苦心磬吞千劫小

隙浸百憂深沈陸冥茫事迴天個款惋

滄浪情與圖憔悴獨行吟

行吟　同芙初

踏花香不減此月影能去多氣爽青冥迴
風和碧草滿兩間甘露合一指妙心持壽長
年芳在櫻寧自詠詩

瘴霧

瘴煙迷極目霧雨軫鄉心膽水添紅
戾殘山拱綠林楚騷何日反越夢遲年
深杜宇空啼血苦謠只似瘖

綴歌謠字慢成短律

縮局看横目為王問曲鈎光都惠爰及
用事呂徵別花失焉支色風低敕勒謳靈

符爭立石情義幾經秋

有感

烈日新蟬噪晚風悄(淒迷)日騷穿闖蒼穹
年年稍夏馳騁承日載(朝)平胡闘(彊)蛛惆雲焉
陣殺華國破毒龍鮮閃夕陽紅壯心訛
獨磨瑩鍔磬新光鮮照海南

詩趣

水雲騰躍想山雨助新詩迹化風培意
神來電騁辭調刀斧小大方磚派尊卑
六合成宏寡狂言誰是吹

秋晚霽

高閣臨崎岸伴天宜小園江飄煙練淨山揖
入尊際日遠晴雨洗雷辭寂喧清淨饒秀色
友無振吟魂

憤

遠山萬家燈火倒映江濱點點殷紅如
青鵑血淚眼淒而

有生神不滅今極恨難平園鑄空存
國運壇詛後寧龍蟠天塹陷郊伏地維
傾灑血淚川陰鵑魂昔夢驚

伴天閣憑晚步想追賦示芙初

初旭透園林清光映朕心花開詩世容

香大酒胸襟照曠三山近懷蓬仙一境深物
華盈畫閣苦驚發古吟
秋宵向曉
山開蓊藹鬱新蓮水散珠瑚衍彩箋璧月
黄華香冉冉風燈飄蕩意翩翩調刁地籟
亙天籟寂懸心玄合太玄秋興賦微人獨覺夕
蒼昊照一時妍
孫君祥真葺槐溪艸堂成其尊翁閑
園先生有詩紀勝次協奉酬
氣祲消礴日月光檐檜侵遍蕙蘭堂龍

虵背勢雲障圍蟷螘乘時草露香點白蒼
蠅誰去臭食苗　鼠自怡芳於陵高士渾
忘世蓺植穿親有令郎

寄題閑園先生槐溪艸堂

泗水橋邊一艸堂賦得平子擬羲皇青山突
兀營詩境碧野瀰迤植義方眼底真能時戲
綵庭中靈椿自凝香達生全性神氣郁睥睨
峰剎日月長

曉望

輕盈姑射佳人開寰骨秀神超縹眇

間叢蒼性靈成造化隱雲微雨寫秋山
癸未七月二十夜追夢 先慈葉慕貞辭
痕失聲醒時苦淚遺容之意猶兒
女備偶縈慈孝行雲寒霜情並天傾傷
心四十年來事擗踴號咷兩竹兒
同小兒女觀層雲幻化時竄身巴蜀已六
載矣
四海交蛟竄鯛國三河轉從蕙蘭根發
啼鴉嗟秋怨風月指點天池說化鯤
夜

碎月一坪花風燈千樹落葉靈芬燕蘇來

遐想驚呼起

秋夜雨止

夜氣清佻雨洗心竹風蟲語伴微吟秋聲

不作照秋意只寫南華一夢深

齊天樂　蟋蟀

百憂千慮交射催人間竟成何世問鼎窺川填

溝轉壑悽惻矣宮燕市吞高柝故里痛巢父

傾巢地仙無地亂葉狂花發集撩落偖風唉

漫漫長夜闇鶗有王孫訕怨魂斷幽砌

潭泊孤舲流亡老弱寒雨涼颸誰衣哀言勸織甚情切鄉感夢深蘇蕙謾寫秋聲苦辛徒弔詭

闕題

七尺關心人墨墨八窗居氣寂寞寞天生使獨悲手介霞去黯鬱木土焦

采桑子

西風吹送巴江水日夜激聲積恨難平萬折東流繞舊京　文闌不共愁心住夢也輸誠行也稱情庾眼年年未解晴

歸國遙

思故國飛繞龍蟠關塞黑萬里播遷
蹤迹重圍天咫尺　魂夢曉昏暮
帝杜鵑啼不息影地化城飛覓問殷周
載籍

西江月

泇卅中秋同美初賦

耀景微輝玉桴偶人清徒花嬌蘭房桂
苑可憐宵對影娉婷不老　江上東西縱
倦雲中今古逍遙信我唱傲兩情亦形
灼地燭天心皎

癸

石門關上月出

切仙初出蜀江濱鑑逸輕盈倚素身搖
珮揚蛾成笑睞微波演漾寫精神
柔情綽態舞腰身蹤碎瓊瑤不染塵若
教陳王封蜀國也應休賦洛川神

步月

清溪獨入秋林篁聽松風響素琴
皓月窺人花滿地逍遙遊寄著詩心

題畫

遊龍舒婀婧振珮飾莊姝蘋藻取宜數

菩華畫作樺神游周道去夢身肖蝶嘴

琴宋玉窮形表其人得意字

流水紅葉

六合瑠璃閣華池嬪御園深身易不及相

對脫紅衣

瑩碧香陰曲游烟起翠帷暑「蜓」棒越鑑

出水貼霞衣

望吟

哀鳴不為山河破繫夢山河元自尊泉水從

掉般流白水言無言受奴泣思留皆

午夜瞰江看流東注皓月西沉田寄意魂
風湍變圖騰長夜煙月懷人度碧雲二陸
隔心無託雲清輝綺練織情文

小舟穿峽

輕舸浮急瀨一葉播秋風注答心懸等鄉閭
夕照中

鑄得

鑄得輕名器下寄誰博古黃雲行鑿紋
翡翠化龍虎

嚴陵瀨

桐廬江上一神仙
萬古垂綸養性天
壓腹轉憍歸藪澤
悟風濤月與周旋

秋山觀趣

孤雲騰鬱無歸安
殘日浮縣有落時
瑟瑟風情天一角
滿山紅葉為裁詩

朝霧

陰陽夜氣羃林巒
收雨收雲曉夢

殘擁面先施來一幅藍畫只合霧中花看
張[redacted]垂[redacted]佳層巒綠夢繞好字碧石篆殘
狀射神人來的的漫瑩不作畫圖看
閑鷹若先生以手定帝得編帽青無調之
默察天時不免腦齊方通物理畏以纓頸老
荷鈔髮風流絕假來鎖花迹自由
江琴
萬里寒流鴨綠陰迴腸牽夢到金陵

心源沈鬱夢飛寫轉朱鞠光自沸騰

夢飛　癸未九月五日

蹴月穿雲躡太清　不乘黃鶴不吹笙

天一飛放騰高翔　掌上乾坤獨自擎

翱翔青冥（瑤花）　不直　畢生所藏秀才家學去處記

瑤花舞影自沿壁　縱有餘香覓所蹤

蝶飄魂為遠夢無風　已過渭城西

四時詠

逸興付狂吟逍遙步茂林香稠鶯遷
樹花密蝶披心爛漫春無主連延夏復臨
百年驚電迅萬幻閱秋深眇慮飄紅葉
幽情綣言係琴更憶梅雪意尚有蕙
風襟熱惱滌飈掃漫馨洛凍姙藏精
貞固在循閑化機羽冰壯瀦元氣雷
行暢一言散懷原野跖蒼生海天湛
奧衍陰陽正旁通品物情趨來微大

理不避古猶今

久雨

梅雨搏常說精兵蛸網蚊以巢擊孔
虫三闊六攻標武當天摩戾眼不能晴

春日遊山

春山穿歷無狂癖啼裁殷花落酒
危形色空空神色躍環環中妙境止觀時

詩成

詩成草就不須刪
形象供煇繞象環
畫出秋來流蜀水
花繁葉茂藻吳山
鄉愁萬里勞情遠
寫意千重色調斕啓
秘授玄益發掘荒唐偽謬說人間

歎

形如槁木心成灰
閱歷無亡節幾回垂老
江湖猶泛梗漂危
天地更蕪留不官大德
真然我說劍莊生
枉費才國命年年

似覺卿黃雲鎖參差重臺

午夜偶述

歎〻寒窗撼九乾冥冥氛霧冪三川危
城燈火罩搖夢影〻詩情淚作箋

花巖道中

卅嶠登臨試健身胸中邱壑皆推〻神情幽
風物輞川畫淳樸性情谷照人
疊浪畦町秋色臨山莊圖上著孤村親人

花鴨攪萍錢 吠客烏龍踏屐尋(?)
坐聞行歌水石閒 天風吟(?)合響(?)音過蘆闔濠界(?)
魚樂知非我 得意忘言為然(?)無衣(?)

遊華嚴寺

修石無存儲百(?)錢 道迴復杖徑之窄行
所契在山水 然憂窮登涉 遺飢穿村市
酒香醺不聞 清水當(?)醇醴 石髓擊可煮楓
禪調甘旨煙液 映(?)秋林晚 世幽賞了矣(?)北山

絕人間南澗溜清泚於中築仁祠峥嶸五
百祀金人輝神光道場存法軌樓高藏精
文心空登歡海鍊神撐象本習慧聚釋
子梵唄浮松濤鐸鈴緜霜葉內外忘機人
聆音重玄啓仰觀千百柏靈鷲庇鴿止俯
瞰萬仞溪紛紛香雲委巖花弄寶開淨妙
無窮已持以問此心唯識堪比似性法相
融和成絕字一理

秋宵病感靜坐無眠

抱影駢秋夢負燈向曉心一身成獨覺眾妙緬幽尋宴息虛齋白登觀寶相深維摩原強健現疾作規箴

石門村謠草五首

隨風散亂芝懷萎帶雨嬌嬈瑞蘂皺故國離情渾不惡日長頻夢玉樓春物色懷中嬌奪魄風光樓下夢扶頭霜花

亂蝶顛狂甚無情 樂未休
燭影紅搖真國色 危光綠漾小樓風銜思
秦氏欣逢吉市得明珠禮蚌翔
紫瑞繞庭華色朗 紅樓連登國恩隆 酣歌
合燭高嘉會 終宴騰騰醉乃翔
悍目朱光燒急色 機心將彼伏佳兵 閑房
戲宴觀鷄鬬 遺味他時領妙羹
寶玉蘇宇

痼罔悛投砭瘦民待引鍼神魂榮衛失骨髓
禍淫侵司命迷報草借生合換心伊誰解病病
攻化頗垂箴

老鷹岩

萬樹拂天庭千山聳地靈雲行光閃色無度
影流形崖巖磬迴金鏡霞雷霆輥玉軒羽幽禪
聽久飛樂奏空泠

夜坐吟

心齋空白地住夢可銷魂月影隨人聖燈花
笑我尊交輝神守默獨覺意調元妙徼竅
觀後狂歌歌非言

開霧

依稀迷逸馬天橋會游龍出曜渾沌破綿空
繚繞穠情明敷大理攔縵豁幽悰撫物識幻
然天文為寫胸

今昔一首調友人

暑時今日無同我不卿卿渺遊窮花下
正須煩一笑環林留自有春風

嘉陵晚景

皓月流幽無孤燈上迴情淩霄龍夭矯浴瀨
鶴縱橫玉局瓊瑤滑穹儀霧靄縈兩間許合
家沖漠說無名

月夜那逢穿濃霧

鋁綃冒碧閣藻映月華情即色將言遠娛

形淺默深非魚耽水樂化無懨天心內外
無幽帶逍遙獨寄吟

梅妃詞

要藺睹藐早梅楊嫮眼凝神異樣狂標落
樓東花賜恨嬙情險色佳形陽
書諾以吉士燻究點彩十戲一化
潛龍隱遁天錯娛畫郎凝威地化維待
吐碧霄投千萬縷兩間徘徊旋神奇

夢畫山水大幅

滄溟飄渺遠浮香杲日冠峰映化光霞舉
煌銷心照曠華燈珠闌意鋪張天機默
啓元胎秘妙邃冥搜索參藏赤縣圖成真
不別外游長友萬年狂

癸未小除夕

去夜無眠

長勸人不寐萬物綢繆似鶴唱窺闌
荒鷄語隱憂傳情山鬼笑抱質燭龍愁濤

滴心安託寒江渫慣流

對梅薄醉　癸未　戴陳

絕品天香隱几咍紅妝作意促人來敲詩
入骨初酣酒艷赫瀲神众妒眩

紅梅　甲申元日

國豔嬌來波湧眼瑤姬顏勝酒初醺天真
解喚春光祕夢遣梨魂只為君

甲申元日南開校園探梅梅十餘種

有名江南出尤富蘊殊縱

楚客頻年老蜀中蒼天難問意無窮
為情遊夢江南遠翻取輕雲拚淚紅

寒梅當月歌

飛龍管性心更潔截幹斫根留生訣元
氣純全天地設枝柯金剛杈枒鐵玉骨冰
肌堅貞獨蜜窓怀夢塵緣(想)絕傲人軒軒
神傲兀格高品聖誰清飄罪惡影流落

溶月癯仙僵臥太古雪冷淡為歡飡玉
唐衢詩造物般瘠晳

嘉陵夜色

岸燈流影人垂底山月迴光客倫心穿歷
寒江東逝水盈盈輸夢不言留

臘梅

嗅氣冷風含韻鍾陽霞枝標起穿淡點香款
款靄漏淺靈臺紋繞思謝披曉鏡妝瓊

樹緣情吹留落瑤英作意證詩狂窮觀
梅曉九三天下梅塑舞美韻纖萼萼台

梅有名成都二紅者蔵題

遠目嬌春弄井色莊近心溫暮少透遠肌香烏
支界展情深淺許翠貴遺壽館謂卿

寄還張頌南先生弘深廣博飽學禔身
身後承嬿承收其闕文黃賓虹圖其遺詞
輒題一絕於巻末

抄撮精〻廬傳六幽子補張靈性寫三才夕陽
然木輝心筆葉落思緣眾湖該

調粉□極

初旭絕纖麗秀日風暗解頤如神臨流浦觀
影落咸池語語僞書意秋思因憶舊時嬌
多保傳粉眉□香衛詩

調友人

呼氣相憐藻陳詩問咕哺(平)風標子衛懿

酒物霑欲徠桐葉備心影桃腰ゝ笑白道映

老叟真兒童兒倒笑相呼

末句作[illegible]

山行見梅

厚根寥極域天際絶壑瘦林去放梅靈ゝ附

芳葩錦藻黒ゝ呑ゝ紛造化与春来

陰陂

渌水ゝ穹幽深陰陂観澄窮媞媞萬象霊皦皦

三輪寶俯仰泬窮ゝ天縦横清曠域花繁意

密敷魚樂果覃及禪影曙妍姿娛形熏
湛識袖和物自親慮定心誰執上菩在其
中淵玄悠罔測

花岩隈邊下聖泉寺磴道俯瞰沙
坪夜色示同遊諸子

灼爍繁星天倒蓮蒼花夜氣来地懸浮
珊瑚燦爛月殿寥廓吾道照耀孰可謀
燈歌行

家住本府新竹寫之記

蘭若植山阿嬋婷飾皎潔高風颺綺
芳馥紀香苦烈時升藹藹敷燦蔭陽暄合
節娥娥漢上英挺拔郭都傑材閑逸留
穎嫣樓貞詩訣交字跋有恆二合仙不別
婉孌同聲歌綢繆大義結熙怡天地春
鶯鳴爾騰歡悅
書 戲贈友人
片片輕花霑蝶影盈盈嫩蕊上蜂鬚

醒時雨打風吹去夢裏神行意誕敷

讀錢關題奉贈友人

春來自放歌花暖好周旋腰絕風狂後迷
驟雨橫摧輸心紅素碎結意興莛堅彩窗
常菓味佛恩不計年

暮春晚望

鶯聲春寂寂燕影夏花花霧壓山容誕
雲翻月色狂蘭新行樹茂委枝晚花

觀物候遷流理無非即是常

江皋夜眺

璞光瑩遠目江月皎孤心放曠天開鏡弱迷
地容襟高情超鶴引眇慮付龍吟夢寐
舒元氣蒼茫溯古今

江皋觀漁

綠浦倚深意寒潮窮幻心橫舟下芳餌倒
影上鉤鍼

夜

澹煙縈碧空皓月柳條風驚老春深家
花繁夢想中岸鐙飄的皪江鋪蕩寂沖
夜氣閒蘭杜心香冉冉融

飛花引

梅花脫空飛低低五雲齊梨花回風撒片片
化為鷖鳥鷖影妻岢妻岢人提提花花明
何之心事託黃鸝梅雪架欄下高樓為訴

詩字字字含天機 橫空揮芳蕤翕飛伴朝曦
照曠曄靈奇
鵑啼
流人心惙惙怨無語偲偲留故空傳鄉音
山川鎮鎖陲啼聲花腐血顏夏草漣洏
不是催歸歸去辛勤望出師
時時
雨餘心從塵埃與物為春春忘 密山花醺我神和無楚人

觀水次均酬識翹

縠文常在眼濛藻迴臨扉搖蘊涵紅藕分嬌映綠衣清迴留秀濯麗睇送某郎浸骨凌波夢朝朝對洛妃

乳貓對鏡弄〔狂趡〕影

搏影手兆威仍濕窗訊似騰魚躍頭互憶錦外躍三番

夢遊海上

麗睇交心妍輕槎海上仙月華融水國霞

綺散雲天美賞情流綴神行境化遷共濟
攜蒼佳智度水淼范邊

拂曙賞遊大坪校園❶

嬋娟翠柳颭新妍灼爍紅桃隱妯詮爲覓春
光同佳夢黃鶯啼破紫霞天

觀穗有感

水脈秩行秩秩然扶疏生意傍芳田蕙風習習
飄梅雨翠浪騰騰衍錦箋稂穢潛移嘉穀

菩稊綏終礙蜀醪賢緜麃熟穋徵懸皐袁
制過存性懸篇

甲申重午

妖祲漫淫鬼為兵胸而空有赤靈橫蘭湯
釜破勞薪休蒲酒盃傾恨不平國命斯然
增屑飾民風失體廢無求美天中令節無
窮思榴火燒心當解酲

閏夜

蒼茫高閣我伴天寒歷劫心物寄禪
江上風來騰萬慮雲中月出悟重玄
鄰磬輸寄情無極罣礙揚梢意度妍大象
空明存夜氣形開無覺無陶然

危闌

高樓昔昔聽鄰磬發顯鄉音雷同世更盈人世波
瀾翻白沸鰲魚臍泪供鮮烹蠐螬善障長為
衆華芥乘流區流生惡沱(上) 翯翯王百谷鯤

軀失運化無成

曉起

輕雲翳曉月微雨點殘更留織田園夢鷄
號鄉國情東籬蕭冬撤西塞亂猶萌莫近
危碕岸崇嶁鎮不平

隱珠篇

山勢蓮花從江聳劍鋒聯連天排鬱從何所研
地尚方寒生滅相為用照觀多異端語盲

無分別聖菴守神完

月夜眺江

幽居饒逸興清夜爽高風月湧變江白燈飄夾
岸紅燈鮮色輿去要眇化光融滔瀁觀神立龍
游孰与同

夜

甲申六月十五

理也定寧人莫窺情天高物物為言雲龍
風虎擄才藻山月江花寫萬痕吊影瑤光

秋獨覺分輝望彩懸蟾魂新秋玉宇合
情寄洗塵澄神坐小園

嘉陵夜色

清光擁映瑤臺鏡綺彩就披羽帳花蓮醉
紅梅妝人半醒夜香細落夢語窗余

方塘即景

東西南北人上下往來燕俯仰青冷天幽微顯
密見

朱逷先先生挽辞三首

經史兼通不害廉文章旁礴更矯海餘杭

家法誰宗仰零落西王舊簡籤章太炎先生戲稱

大弟子黃季剛為天王汪旭初朱逷先錢玄同吳絸齋為東西南北王

國事蜩螗心影碎生民塗炭角聲寒老來

不作今詩伯分付郎君自築壇

撰事直陳稗賈錄游文博採作權輿先生

今逝矣空良史祕閣長留手斫書

魚鹿峽夜景

風燈飄緲影溶溶山泮

風殘紅瀉杜鵑血

月輪（賴）識得故國崖（風）花日日向蒼天紅

情不孔面妻鑑遊火燒山後峽川

秋夜坐忘

天淨鶴聲高秋清（清）蛩引豪尊卑同調實

小大任嗷嘈萬籟聽無妄守宗心不勞神全

觀化物和光作浩陶

秋夕宿層閣下作

微吟逸步淘真性要眇言珠獨夜羽月華
數葉香冉冉秋發寄夢息深深凝情摩
意天開鏡寫韻傳神概就延今一境幽奇
無借色光明瑩潔是吾心

復興關上晚望重慶

繁華藻蔚古城紅萬煙燈飄（熛）火宅中喜
倒看來螢影亂卑高映出禍胎重重門背
水後閃戰一國銷金石報忠感眇壯言辭

伏鬼殘陽猶蘸碧江東

繞佛閣　中秋無月

最深處也、訴奏五留、情思幽窅、聲韻嬌小。庾樓待月梯雲攬清照。望鏡弄巧。窺蔽嬌影、淪漫鮮皓。孤懷多少。不教瑩彩蟾華悄悄抱。鬢髮數垂雪淚傷簷蔽風雨道。長伴鳳雛吟懷惱。怯故里悽迷地荒天老。尾閭波渺。對嶽峻山尊深懼顛倒、撫愛心靜臨蒼昊。

有感

鹿卒怯嬴奔執鞭弭巢危釜佛占風水西周鼎
重不須遷關塞日移三百里

重有感　　甲申變十四節讀玉溪生詩綴字成詠

猜急留馬設罘捉失孫說搭魯中台富移周
内竪瘖轉九成穢側熏鼠絕官箴諫激頹波
壞黃金蝕斷心
鶴〻唳

迴壇醮廟說匡征空有叢梁水國情練膽
沙蛇上煙陽沉寒訴賦九秋聲

夜雨寺晚眺

為雲峽引夢向月未言扉霞淺紅分頻陰
清翠植幃江腸迴朔會山谿盛歷南城寂安花
如雨人閑坐夕暉

秋夜

增語寒蛩底有情自緣塵垢起癡瞋空王已

證三三昧休傍靈臺訟不平

冬晚學圖閱上口鄉

莽莽乾坤一戰場欃槍蘸血污穹蒼山凝殺氣成照壯水滌愁心入混茫風舞巴渝猨鬧市雲埋崑閬鶴迷方萬花流散燈空現獨欽神照守秘藏

贈門人程石泉

曾向鍾山伴老松瓊華秀出錦屏峰色駘麗日

晴霞地香是希聲密義鐘橫溢生機併造化
寥來元氣与陶鎔隨靈節卷存天壤縹緲浮
文喜再逢

撥悶

為洪生寫希臘哲智之作

御風乘月向天涯海上霞標燀赫姿夢發冥
機千劫變神樞氣母一身持海蒙蕩析重玄
出寥寥沉浮揚大化奇の側足方蓬吾岌我南圖
鵬運息相吹

密藏

當目山河成畫地一身精爽入藏壺無窮浩劫

渾拋卻收拾神光蒼道腴

南朝以後

麗華豔魄鎮田嬌玉樹歌塵送紫霄螢火然

烘曉夢江東王氣未全消

北齊朔時

花容誰獻小蓮來傾國何勞大穆略才城郭邱墟

瑜續命袍騎從儼在三堆

鳥貫鉤爪鋸牙捷速絕有力善鳴飛音響

亢情詭傲定生三十日即化其為夕周猶

騰趫輕訬也　　甲申十一月三日

金光九坎出威而奇骨三旬即化龍雛轉燕真

作碧落人間怪底鼠窮凶

長至郊原坐憩

疏枝橫影迴香魄瑤碧葉浮光度小春啓愁

相親縈夢寐移情与物接長精神無封妙
道行元氣命化真君轉大鈞復見天心樞在
我森羅萬象一成純

閒夜吟

伴云閒上坐之人家寥天一寫擬莊騷寂寞叩
言窮妙徼嚴風振籟撼江濤濤發吼怒靈
意境游文布藻為帛詭陰觀上善起波瀾制
割大理作律隨理融情挾自揮毫調調刀刀

天風高眇廣儐佾騰發郁萬象森羅無
邈逃遠辭放言天地美曲共河喻一指秋物
懷芳收視聽心冥衆竅獨隱几

簫鼓

簫鼓嘈嘈切切犬侵一聲聲碎旅人心相撐白
骨煙塵裏月沼花林鬱夢尋

翦燭

翦燭燒殘淚編愁續斷腸危時龍戰野僻

穴鼠為王存魯人何在秘周非漫藏窮追迷
舊國穩夢帶他鄉

無愁

無愁歌窈窕窟礨戮邯鄲伎倆作窮數荒唐
歎止觀蹋雲飆雉子覆向轉蜣丸老醉雄心在春
歸夢不闌

莫道一首 朝林傑

莫道花開不及春宿香穠醉遊虛人塗林

卻敵燒情火一霎歸降百戰身

觸蠻

黮黯機心彌寓內猖狂機事污人間年年殺戮

為耕作詛怨招尤鬭觸蠻

丼儻新婚戲為之詠

古歡新愛交狂癡趑趄甌巫偶化儀彩被溫

饜酣曉夢色身顛倒寫構尋思車騎(王)換得三

消洒襦帶纏來五絲龜溝水盈盈情脈脈淋頭

攻莫誦體物詩

早春對雪

梅柳飄香詎絕塵漫天才思未能純飛瓊獨自為高潔泯色融空妙入神

嘲牡儻

風流晉宋之間客氣行桂春香小洞房兩袖郎當構一襲圭田也買作花王

圭田有栽小栽大法說依大二章

不從孟子

乙酉歲旦

燭影交輝神晏晏極心姿態意卬卬儺俟
嬰孾迎端日地靜天寧孕暖香

春夜

挑鐙迴日月撫掌得乾坤境穿花闖想心清
影覓暄夢扶春婉孌意疊夜溫馨數息泥
天問神酣天不言

紅樓

紅樓最深霧爛漫百花然選樹鶯流懌披

香蝶傲天風回歌宛轉去佳舞便娟誦惜人間世年華五十絃

詠桃

夭桃開口笑天地有芳春啓傑（節）搖波（霞）影分嬌映頰塵侵衣心不著入畫意常新灼爍縈幽夢紅妝看鏡頻

月夜聞鵑

巖幽心得地樓迴月邀歡嵐影添江靜花香

減夜寒隨時熱夢與遠教枕醉鄉覓杜鵑緣何事頻呼蜀道難

梅影

冰封天地未回青冷淡為歡倚畫屏月浸崇光纖色相搖紅萼服心形一些簾幽影傳風骨冬窗清芬養性靈無邪詩情渾漫興詩成情調舞娉婷

浣溪沙

姚佚儇仟舞袖飄　青陰醒醺了花嬌　幽魂親
昵不須招　天上低揚蘭僊曲人間宛轉玉仙謠
紅亭綠酒傲王喬

南浦　幽水

天外躍雲龍、破垢塵萬重来現清影。狂趭駭
纖鮮、驚幽夢、~~骨~~游魂滑無定。想解槃水、量平
稽鬱心行正。大形蔽塞緣何敧、傾物拘窘迫
靜。　驕人無久留思杜一曲之知、喘玄蒼愴。花

影禪妍姿芳菲意灼掄碧璃千頃。空靈露敞
洞觀三界神明炳。撤開公案無他蔽。獨擅圓
融真境。

次魯實先生梅四絕韻

赫奕檀心吐古紅。催詩宜雅亦宜風。掄揚
國命臻無極。元氣淋漓天（大）地（化）中
神根天受自高華。五百年來玉樹花。活態
生香脫離世。似梅人格屬吾家

韓邦宗

妙道無封出太初風根穿極證沖虛紅情
縹緲綿天地藏影付神入緒疏
容顏玉際見冰清指似天人意氣盈一笑
嫣然春奪魄萬花羞落澤山平

友人見惠新茶賦詩謝

碧氣甌香紫綠京丹精鑪鎔焯紅情通神
蒔藝真兆初衷許怡人有玉京
月殿自封不夜侯詩心禪思兩似悠絪縕

夢夢來還去惟紋藍英遠四愁

夏夜夢思

香宵夢夢去山川繫別情崇雲齊幻影江火
飄空明錯落珠傳來絅綴月散螢天心游
可後幽夢帶香螢

昔昔

昔昔空中無夢草年年海外覓蟬皮影娥
池畔黃龜出不信人間有別離

朕問

宇宙生成誰初造之真宰有無孰簡料之大總之和
孰臨照之還物建基孰象教之形時未起厥初何
有昭昭冥冥渺獨無偶交融互攝誰綰其紐
惟法垂象伊誰承受神靈形色孰先孰後天
運斡旋孰左孰右貫例大化經星與斗 曰乘真
心玄機是守同異異同不數數醜輪轉無窮
不久能久而其不而奧義阜阜那物曰萬時

為之母變化紛奔錯落安受虧析大空何祛何
取閱我无形貯爾不朽殘迹形下焉通象藪
大命苟負尊若天后綰幽發其部曰建萬有
高明博厚蒙為其首

哭二兄

裕誨垂髫日行迎冠時恩情緣骨肉風
雨裂乜壎篪共氣荊先頹勞生棣獨悲靈
脉不得上萬里涕流離

哲兄真死別八載念生離往辰何成海飄蓬命若絲饑寒身有患戰伐野無遺心危何須問言天眇不知文章千古本博雅樹清規不屑與雙字能為有道碑早年常載筆晚歲更敦詩花萼披殘稿時平為寫之

急雨江漲

滔滔皆是也天地一橫流故故藏猶避新新幻

不留下無以徵物理及衍昧人謀交赤以為消息沈冥博溺憂

乙酉書事

西陵日影落驚湍莽莽乾坤黑萬端伏鬼真成翻掌易無那諱說上天難長策獨斷懸軍柔武算短奇無殺轉智丸鵝塞從今不生事恨埋日下自愧作輕安

馮母吳太夫人挽詞

師師留德化庸持立素風四行賢母傳五
教德符充繼世發華遠輝宗蓀宇崇前
脩培後哲曠代義方隆

遷居

遊心於淡泊適我證攖寧廣大中修養沖虛道混
成守宗臻獨化範極見神明日月無爭所蘧
廬遯世生

柳陂夜月

乙酉中秋前夕南開作

孤高崇託體睨景超、靈明、空水澄為性花林靜
有情映潭魚嚼影灼夜柳敷榮穆〻流幽
素陰宇運九行

澄潭

澄潭自然潔萬象眇彷披下上縣天趣縱橫
衍妙因思空明三色雲霧浩蕩一篇詩獨覺營吾境
存真更出奇

南開更聲

蒼茫天地解愁絕斷腸聲敲破人間世驚迴萬夢
裏程思歸秋入城輾轉憶夜遲明八載長伊鬱
行吟倦旅情
西樓迴眺得真趣
山作蓮花從江為錦畫行雲拖峯朵朵月照出
盈盈氣脈隨心運風流本性成乾坤垂萬古清澈
得是闕削
柳陂霧曉
乙酉寒露前開作

䩞䩞絲絲弱柳陽陽皓皓平淪綿綿緝緝
黃鳥濯濯彭彭白鏵莽莽蒼蒼蒼蒼魆氣渾渾沌
沌真人皇皇穆穆交織秩秩熏熏狎親孽
孽濃濃霧曉淒淒曈曈霜晨平平閒閒
逌賞晏晏陶陶出神

升天行　送盧秀才侯兄飛騰還京余亦畢從綜乘驕

東西南北人上下古今想八載霾烽煙一朝控㬎鞅
藏山為霧豹御氣作龍象上徬干雲霄橫行

截莽沉冤孫羅萬山乾坤攄一掌冥搜青簡
祕冊得黃芽養月桂蓋為飲酒星非所享
陰陽運同波日月馳遐朗鯤化沿逍遥天游真誥
蕩開襟苞沉寥味道證惚恍若士期騰騫盧
敖已邁往神仙同一傳送子九垓上李耳懷沖
謙猶龍之貴矣

木蘭花　　乙酉四京作

綠楊芳草臺城路帽極侶来往橫

寂會人言語燕分綜憶我離緣灘有據
　飄魂似淚秋殘紙細寫字生千萬緒國
陽氏療點尚場眦裂問天天不語

　青齋瞑坐

日落易青年陰明亦偶我同時何鷄犬
蒼老作神仙家集香生空關指意得
天研莊五商易汗若遊心筌

五子謡

附會丹靚迷秦世唐律新疏付宋人五子
消魂生羅鬬萬國(家)古夢起幽詞

風雪

雪沃心胸淨風掃意與狂受根寒不動
質晚逾香涵素留堅白極神存直方
樓高人獨倚極目是琳瑯

浣溪沙

堅白精廬有秘藏小樓高所搜千載皇例

身天府鈞瑤光　冰萼極神莊道志霜花
經眠老知夢〻夢為蝴蝶夢還鄉

收簾後初見朱梅放花

軒昂不受東風醉傲雪凌霜傲絕地八載淒涼
惜娉婷紅妝今猶為君識

寒夜試筆

買筆歸來自運籌小梅香度夜窗幽城
也解宜風月招得冰魂入畫樓

書懷

西風催落日南國惱鄉人一要帷帟奪

羣情々任鬱々塵𣏾左供取家水欲彈々起含貝

瞻彼敍寧非擬奸邪圍無倫

水仙

玉佩玲々瓏映翠壁輕盈步月夢中身陳

王奪魄驚鴻醒詞藻氣廻腸殊賦洛神

還家

別來痛哭還癡笑殺伐權殘到樹顛賸有
殘紅還蝶夢為留堅白傍壺天十年腸斷宜
春里萬疊愁禁寶劍不用冠履更無今人留
苦空如戲鼓看思如白水

風入松

侔天小閣蕙蘭堂八載淒涼藥欄屠剎陳根在
玉函殘損舊芸香媛變季嬌鄰世蕭騷寒雁辭
行
百年人發萬年狂傷氣迴腸披誠酬寫相

魂賦問何時認寶現僊芳形相勞帶幽室佇遊依稀
嬰茂年光

玉蘭

銀海芳塵僊室嫦娥意態磨新妝麝奪魄宿
韞霧初還魂舞徽寬意曲歌留玉節痕為憐
入寫莫負影與共留存

悼二兒

颯颯栗烈蕭蕭飆蕭蕭雨發一葉夜桐鶺鴒原上泣陰風情

覲留夢縈芳草世說樗丸生易蠹故國
遲陽成白首衰心薦信溺黃宮暮年關
神戀行服捧恒文瀾叩紫穹

春日獨坐

簾外絲絲柳纏中無人鳥聲煙禽言酣物色香
僂纖心妍紛眇春思情瀾意指夢緣飛花
蹯入戶笑禮坐忘仙

旅寓春陵江畔景物清美遂悰成篇

巖陰路何開孤高萬丈壘萬山呈帝勢一
水穹龍形哭天神開境植徽意得寧芭只
迹積秀八載纂詩征仁
清代東瀛人鐵魏
楚定能發賦湘君念遠書靈潮天灣涌
麗暈海霞飾鳴侶翔界翼吟懷耿
抱虛何時去若芳草清麗綴瓊琚
久旱

民無藏蓋官籠物竭賦肥身多有差宗羅
弘羊天乃雨狂言卜式不知時

雨不絕

衣稅食租誅取暴封君湯沐善營私弘羊
似作身千億天若晴明困辱之

讀平準書綴字漫成

秦弊滿承官可為役財驕溢法陵遲孫弘
義絕張湯健山海珍藏求贍私

錢輕物貴均輸後坐市都官黨與蔡文學賢良
宜減絕秋毫利事眇無知
姦鑄通榷饒益用糧饟(羊)蓄積擅居奇人方
相食湘淮上豪家黨爭奢律弛時
萬然煩勞胡為者驕騎赴兵以祿萃之武賞威
稜真赫奕行齋居送長家貲
建德安邦本可按匈奴巧法亂猶蔡和親約
定兵難解氣役侵陵互朔陲

寳鼎鑄成獻納時絶無亭儆可防危柏梁臺也

迴人争看宮〃觀巍、峩、好賦詩

雨不止

十日九風雨千年未戕爭花蕊難撫壯人老未昇

平司命乖行化野贏曹迫生羲和吾語汝蘇

世賴光明

春陰

靈雨奪花去春魂迴不來嬌歌鶯擬鄉音後

舞蝶空歎寫目寒〻成陣羽芳蕊拙媒醜
歎三萬日此日獨無哀

小園

小園幽絕地風味最清新綠雪愉心臨
黃蜂激意親斑斑割敷坐幄旋旋繞吟身
還物欣成趣熙怡自吝春

歸京後首次聞鵑

憶昔嘉陵江上居彌天黯黯夜空窗殷勤為

說情鄉夢幻魂今宵又起予

百舌對唱

說是之間幼婦辭舌端猶自轉嬌癡生

既未歷三途遍尚有迷魂又罔欺

追悼二兄

生離死別十年間風雨蕭騷夢不閑別識

形容憑墓木言隔關寄拜青山

此生已誤聯牀約他世還乃共氣符為證真

悽呼令起形容姿史語音無

閑夜

狂風驟雨樓花去酬我芬血蓋夜夜亂新一闋

招邀天上月三心憑轉法中輪游文高遠縹穹

懷養性情寫完劫壓萬象都來作賓客

崇光穿照意生身

劫後重遊紫霞洞

巖崩觀圮樹陰根往事微茫夢絕痕盦 崇

府
闢不孫藏日月[illegible][illegible]（形庭）空訓運乾坤

秋露

靈覺聯三籟秋聲耿一心悲因霄哭劍思過雨
愁深天漏晴樓補時危朕獨吟行行闇伏
勢厄土日淪沈

侶侶

侶侶天地闊過無百憂人業替吞蠅蠛途危
白鶴信銷落過秋樹迷鄉前物身化城奇

覺園俗應酬序

簿書古今二人表書後

人物下中漢世業生民屯蹇後何撫懷今誰

古成攸欲互斫書傳之厥爾衍

九等三科羅縷載錯修人物廉雲波中宇

列下無密障礙污白蒼蠅就此多

三聖大聖人何在書契無稱詐偽然不兄他全

慕下德附生羣黑墨如堪憐

秋夜有感

春去留遐想秋深有落寒蛩琴傳韵

萬花影澄安般無厚私爭法法如情志表丹

時緒冥內外乾慮滌洗瀾

步月偶来

亭得立珠蒼以逼愉風霜短褐入藏壺青冥寒

沉迴心處一性澄瑩泯萬陣

九月十五夜月示芙初

迴環天上月皎潔照無眠寫貌花神安怡情
璧彩鮮質清銷穿纖氣粹甚見純全曦雅
貞明後安和仗此賢

丙戌小雪後月季殘本猶綴繁花璀璨

悅目

披鬱飄香鬪小巧工偉造化顯精神人間原
自為天上豔質酡顏舞亦真
不羨人間第一芳沈香亭畔作花王何勞妒採

蠱迷蜂蝶傾國傾城夢一場
嚴風繁雪驀清妍勁骨貞心自在仙太息空
冥冥色界故妝人境作花天

喜雪 丙戌十一月初五

九徼揮霍腥羶氣乘竟國紛騰勁厲風青
女媧憐人不堪故翻塵境作花宮

友人花燭之喜謹獻四均

鳳想鸞靈夜鸞翽攜秀範吉時丹穴

水調家女林花院夢占諧吉披香
偶契嘉蓮山谷已到霞首鏡寫家

怡園

手植千章樹風霜越十年 排戕喬節伏
橋直躍龍顛鵲喉收帝後鳥棲破園雨攪
檜積古落時運問蒼天

小園步月

地幽占性靜夜寂覺心妍醉月搖花抑嬌鶯鬧

待天與魂何綽約詩篇獨傳絕一般行歌舞
芳菲兀自歇

瞑坐

金藏鄙嶋人肥遯物蹛豪門價踊騰老眼不
堪窺世相何時放得卓臍燈

臺灣雜詠三十二首

三十六年夏

飛機越溫州從海上去台北

鯤化乘天正泠然物外游培風穿閒氣樓影碧

潛流謝客魂驚撫莊生海夕博搜奕州六月自心道

不知愁

草山溫泉休 休同詩壇士謝東閔

空山宜習靜來往頗感心壓樹杪雲流懌花間氣養

甚談玄羅徽史遊勝款迎人無發秦餘異仙源好

澤身

游彌堅市長華首教會同仁之讌

吾生多難自臺地崇蓬萊父老傳幽恨究竟唱絕哀百年纔及半三萬已成灰為慶將隨後陶然共舉杯

臺北市即目

樂土曉籠霞游仙輕傳車家家園綠樓樹樹發紅花來綴青蛾麗香騰碧路賒物情真秀逸

詠覺四义

北投賓館飲所

香名有北投勝地足風流樓傍危崖建嵐從遠嶂

收高情珍味款清無爾觴浮本自來天上謝繁

右十洲

首訓團談析理最諧君以著蔣中建已博大化人

國家有精神樞言慎育人察時存一察究美歐究

純道術寰中裂儒風海外湮高風學博厚稠適

莊全真

淡水

日本襲寇台北海岸砲危甚鄭進翔母何琇凌空
迴翔信何作導乃得入城台人至今日何為尊為漢奸

淡水碧地隔壇祀若章紅毛枯骨朽何為黑心民天海
難壓色郊坰錦繡去曉那綿萬載永作
太平人

烏來

羣峰鬱蒼翠萬壑響縹緲嚴靜神融會靈
奇性化遷煙雲來供養龍脈與周旋仁智能兼俯

烏萊吾取焉

同登隆要塞史司令延綏垂釣還宴山樓

登海瑩為鏡平闌濱沙思山浮遊夢意天寫叢花詩

要塞雄巢麗昭墩深復奇 取機定綸理逸釣

可防危

留題 板橋 鄭蹔林代園

名園存古制勝景具華風閣畫山峯翠梁花水映

紅地偏心自遠境寬意彌沖 獨得逍遙趣逍遙爲

息影

士林蘭花

勁質孤標自清芬暗襲時幽姿人不識窮節我能
持激越靈均賦悽迷尼父操休光閟六合慨歎亦
何為

新竹道中

台省農事年分二季春播夏穫夏種秋收

野陂饒花樹春田長夏禾鐵橋橫水界古木插天羅馳
道縈紆漸懸崖疎似摩飈車雷電迅延賞嗟跎

高歌

台中演講後假觀市容

四衢直路馳遨遊任所之瓊樓紛雜立芳樹簇葳

蹙蹜足依蛇杖撐腸有荔枝觀風償宿願宣教六

隨宜

日月潭

曾巒分曉歛疊嶂割陰晴爽朗松輪籟盤仔轂

轉程潭中涵日月碧空仄倌寇盈比德兼臣國無妨錦

聖清

番女

毛酋長信奉之子晚得二女名一曰阿金一部太貴
次曰便宜一了然已遂有等差矣

番女如花貌便宜若阿金腰圍三向練鬢綴十寶環跣
舞風迴雪杵歌濤薄羽

琴調壯而不頹

湖光与山色也伴
利名心

舞休歌罷常共遊人攝影留時寄酬

下日月潭止二水赴謝東閣山莊宴謝君奔

走圖事十餘載 今始歸覲

雙溪深淺水中有一名流植德依山性醇家赴圖儺

十年渾忘梗一旦化騰虯綵服寧親日神仙仰
謝侯

台南赤嵌樓

赤嵌樓頭日微輝照淚痕斑斕民族血激越虎臣
魂三百年前事萬千心底冤都憑詩筆載孟浪也
無言

安平城樓夜眺

登樓眺大荒海色夜微茫沈日延殘焰疏星度化光

天寥郁文藻風細颺花香眾妙吾所閱開襟演祕藏

嘉南大圳

山形既南騖水勢又西徂土滿貽常患阜災廢廣虛迴天止溢衍畫瀆枕奔趨鹵化為膏壤神奇易跡圖

虛字借叶

管子霸言篇地大而不為命曰土滿房注謂土廣而功狹也

關子嶺夜坐靜聆蟲響

歷覽名山後窮搜奧境修未嘗聞鳥語今迺喜蟲噓

天地為傳舍人寰亦遽(去)廬謫緣多與物關解是
空空處

自屏東度長橋過高雄

高雄瞰平海屏市仰崇山山海相因倚地天恆往還
道樞齊運軌坤軸斡循環長橋跨碣來無
若顏

高雄觀海

大觀知遠近小察昧親疏放曠天連海拘墟鳥匪魚

層雲波上下交彩日盈窗卓立高雄地遙懷萬物初

台北除夜　三十七年

嬌癡亦入夢獨我守寒更十載鴟梟噎二年虎[illegible]兵乾坤騰厲氣鼎鑊煮蒼生誰謂蓬瀛好似逃世網嬰

浣溪沙　東海濱有作　三十八年

遍地無詩酬好春春光偏又眠詩人太平洋時
獨傷神 水勢何成人恐險世痕酬寫獸
蹄新 魯連何處可避秦

浩歎

十年逢殺伐十載苦飄流往復煎萁豆循環
習慣儲鷸蚌猶執競霸權自封傳人境惟艱
怪訝休須百憂

含光老人用太白詩意寫龍舒山水久留賦此

林謝

少學龍舒性分適山水西擁天柱嵐東收海霞隨
眺南屏江濤世外波雲委虛廓谷幽神天地亦一指
大方吾年陽胡有帶窟理堂吟萬籟鱗宙合成一
美羅鶴東走塵埃於今屢之絕域外敍所為所尚
唯道始汎作漁者覓閒無涯溪又是攬雲峰
巉巖遠摩揚恍惚會精真饗飫味厭髯中
問遺陸沈羣魚將釜底活躍不止沸交此滿盈案

鑿開達火山巖烈爛去天人金剛不壞身出入齊生
死惟能出其外然後歎觀止嘗遊山水嶮介媚偕
于萬怪互交錯選之餘塗軌登涉忘憂愉悅誕
泯彼此大滿獨不肖土山然不毀彰祖可投鴻方
余百世俟晴曾出東川摩天穿霞繞萬山羅兜
孫岐嶺爭秀峙捏神於古靈術之真旅旋年
而訪神山蓬壺任從倚大海在其下杯水覩相似字
序余步靈岸波使傲詭壯遊歷八紘味如耽書史

浩意兼奇情麗詞皆在紙忽忽今投老他年
前塵與懷感懷故山聯處憑夢撥燈尋夢蹤
奇境幻美亦可為雲峯攬喬樹嘉樹蔭
芳芷危磴隱懸泉飛淙散隱蘭巖阿聽幽人
覃思相縈藟游心契玄玄象物表適已多好
謝詩畫師置余臥壁裏

無夢

十載遐棲成幻事三年存魯未定圖乾坤常月惟居

殺占夢華胥夢也無

曠望

物論紛紛孰與齊是非非是亂鶯啼海天高處看
花霧極目蒼茫草樹低

己丑詩人節湯元吉先生以日記詩冊見贈感而賦此不名之血是屈也

只憑化族資民食全仗嘑天冤國除惨怛詩心無
著處那堪日日為君書沈亞之屈原外傳云原瘦細如耕夫那婦侍來歸泣於天時於大旱霜隕之際獨存白米為玉

碧潭舟中仰視天際小鐵橋翳爾目作無礙想

天清緣得一界破橫飛棧明鏡菩提心渾元真我顯

碧潭靜觀

禪紛變峯送晚香清寧獨我影心王移情豪上知

魚樂定性巖阿兀坐忘

碧潭

無限嬌嬈無限意身從浪颺芳塵天葩散馤

魚驚鳥陣水鏡涵情無問津處飾紫魂迷後浦溫

縈橫憑繞湘濱長吟永慕傷思依窈俯仰陳王自駭

神

邪夢

邪夢踰唐後宇生帶綠洲康衢曉路莫及境巨
埋憂刮目風埃驟快心雲雨收百年毋落魄蕩
里作騰蚪

影國

影國淒涼地危心殺伐場旋風騰跋扈驟雨
衍獨狂喋血誹山魈魅人駭昊天蒼君霑襟吟楚

世々滌溪湯滄浪

園景

海氣炎蒸地開襟對小園狂蟬空鼓俗幽鳥自忘言紅葉風中颭黃橙葉際繁飀飄香醫酒病薦味得詩惇

海濱曉望

佇窗迎曉日風物自呈妍寥闊天開鏡深閎海納川思行無遺物慮盼有垂玄倫理周群萬物馳情　陜大千

下筆瑩徹詩彰其節母青此美之
坤儀秉元德觸目以妙勞導善揮暖揚芳
玉樹高量節盈六合熾孝秀千毫萬閱南陔後
雅哦舜草之家

大溪臨覽勝示兒女偕遊者

雲物傳神水寫生靈芳畫意蘊詩情
千峰怪吐洪輝思萬壑沈吟曲美聲
高瞻望奇天鑿樸（一作出牒）溫柔合倚地敷

榮荒唐常謗毋驚倒從爾師心契爾行

台北望月

海國寄閑身大明堪作滌東西南北任上下古今巡運化繁星拱揚精萬象賞擷寧不爭所遂物自為春

外奧瞰海鬱佛驚心

冥茫大塊供鑪裏治物鎔人自古今煎石熬情

戊辰年東溟儲俟百千習

大里觀海

銀海騰香霧金天冒碧雲明聯物理窮
廓演精神吐納乾坤奧宰羅日月新鮮
鵬亭化遊學經可容身

旅台匝歲遊園山動物園

國破驚集健時危祝獸仁矣州經歲寡苦
海望鄉人

即事

天漏娲般补圆除祿可無危言十八九何曲直如绳

山海经书後

猿鹤虫蛇颠倒场婁婁影图威揚狍鸮应自封仁兽窫窳於今作聖王

题石附年谱

搜尽寿句峯书草稿（又附函画）抽开蜜府出新词诗情画意相融婴天地絪缊此物之

寫景

青峭神寒變白楊平雲拔霧之高岡淒迷雁字

衡煙沒為有杈枒似弩張

雪壓平疇天壓山荒寒寂寞一人寰驀焉亮夕

狂風驟雨梳洗農莊出翠顏

雲霧沈薶天地平層山雨判若鏖兵墜江委曲

輸和氣[redacted]蟬[redacted]檐[redacted]柚[redacted]腦又情[redacted]結盟

十二闌干萬疊山彩雲游衍擁香鬟窈窕天上

無真賞倒影亦明瞭　玉顏

看花思舊園

枝開經雨又來味如春療愁花爛漫作京蝶
逸趣清籟輸香勞徼陽矣萬夕新　崔嵬心一片故
園未歸人

簷雨雙樹花未發花　欣有興作

瑶柯相對植抵倚互盤拏蔭窗清嫋著枝身捧
彩霞陳詩心爛漫寫畫意高華像圖書憑妝學

形彈怨嗟
綽約籠宮樹迷離透戶花風來香馥旋霞降鏡
繚繞冬日烘嬌變秋光散赤霞宅心在浮樸安
寓耶吾家
二妙撲肩立恰情繞吐葩專留莊蝶舞爰遣稷
蜂銜紛眇塵中趣澀譬衆餅嘉百年如仍伴所
夕醉流霞
雛鳳嬉庭樹酣歌意無餘時翻夜外葉恩隙華

叢花醉蝶無甚韻仙蜂迎嘩（誇）年年十洲住不

厭飯胡麻

狸奴狎鼠獨大同戲為絕句

無爲僅化洽爲君萊德感稜憚良聲日日盤飧常

供養一身彪炳鱗龍文

台北雨夜

霧雨餘長夜羅壓短檠典（藏）讀（書）資蛀鼠血付

飢蟲坐哭神明胄行吟一甲世生竟封沈陸痛天地

咽秋聲

川端橋上即目

山縈霧縠水浮香人在蓬萊縹緲鄉夕照鍊形
雕煮石明霞養性羽飛觴紅妝綠般荷搖鑪紫
玉丹房燭化光昭蕤南戲授精彩柳鶯花蝶醉
春陽

廿年

廿年流約寄約出寄鄉奇芳句徒名高唐風獨讓

藝道時行陰德攝跋失橫宜靈璽邯鄲蕺蕊祭爛骨皮

滿庭芳　川端橋夕照

雲水蒼茫，椰風蕭颯，夕陽紅滿西垂。太清工幻，常象忽成奇。密霏游文繚緲，摛華藻、虎炳龍飛。虹橋下，長河倒影，神妙寓穹儀。

騷情縈楚客，紉蘭佩杜，哀郢明夷。賦物芳心潔，義遠詞微。世垢悠然自濯，淒涼事、不滓天機。澄氛霽，浮縣畫熠，赫奕有光輝。

台北元旦雨中看杜鵑書於齋次　三十九年

十年西蜀醲殘愁三載南溟足梗愛落落
盡中飛騎夢茫茫海外阻歸舟鵑呼舊國魂
何在花泣微心厭不收莫道無情憎攪脈個儂
解送水西流

北投讌集

劍談兜也事若芋會人豪驚倒西崦日崩騰北
海濤雲龍翔遠略風雅及離騷大聲饒仙嶠登
臨好釣鼇

旅客

旅客傷歸望未秋繫魯年横流烟日月冷氣
銷坤乾禹迹何時復般都底處還愚山移不就
恨海苦難填

碧潭夜泛

夜氣飄氳浮小艇花香郁勃路幽襟遊方遣妙山
驚倒即色鈎奇月就檻銀海微波儲冷鑑玉臺
高韻沃未心流人自有芳華意不作離憂楚些吟

下金瓜石磴道雨霽雲開山容海色句
美難狀之以詩
一片渾淪誰鑿破彌綸天地有光輝 空靈畫意
山家蒼瀾緩詞心海發揮煉色嵐峰發北苑
皴染霞蕩颺南威亭亭冉冉羅雙妍 識受
神行搖化機
金瓜石礦局觀冶金
大美人為寶迷那寶貴之鏐銑性堅剛衆口交詆訾情

以雞作礪潛藏遠鑪錘山川秘合育壽世人所欲政
平廼一見燕壹禮國師大治運陶鈞就範鮮遲將鼓
鑄成良器忠信銘鼎彝百煉還丕精赫奕美容
儀

金瓜石山中遙望海霞軒擘

海上蓮峰智句開緣跗仁萼送香來三心洗更
摩耶璧（玉）一境清寧徧九垓

金山寶歸燕翁之樂聊短述

山浮雲不住，羅聲更騰天際，日烘殘雨浮嵐佛
錦箋濃來松寫籟，電逸鶴遊玄談笑熙賓主
清芬留紙遍

螢橋月夕萬眾衍集觀賞殊情

迴環天上月皎潔自成妍人海藏憂喜心旌判弛懸
三塗窮歷覽一向欲騰騫故國歸飛意悠悠仗汝傳

南冥

南冥瞋水惡鯈化巨鯤身九萬摶風上三千馭氣迴

無心帶(耽)路海(錯)著意運天均及衍斯為其情高邈世人

攀哉焉

攀哉焉臨水立嶔亭捧(捽)雲根引領仰贛其盤跚多人夕

暄素劍因法白傲性抵書尊宇內皆嫉墮籠來警國

門

島上地名余最愛暖暖与鶯歌

凄寂世途過暖暖
迷離人境聽鶯歌
秦餘景物堪怡賞
未入華胥覺夢涼

菩薩蠻

流霞遠引詩心去
停雲近倚詞心住
心影渺江天

花容俯仰妍　珠光秋水注萱奐春風度借問
雲中人何爲江上巡

花光

花光的皪豔陽晨櫞栗湖潯爛漫春霞彩泛敷
天上事鶯聲嬌喚夢中人芳華婉約微波衍密意
溫馨漉飾陳芘芘襟期狂中酒百年長賦洛川神

庚寅除夕

喪亂羈窮悔飄蕭倏四年劍寒、氣斫地劫壞慘、呼

天國命極魂續詩情燭淚箋大齋纔過半時日應旋乾

辛卯正旦對梅口號

生憎兵火毀大千淒迷濟淚傍樽前丹心掩冉同哀樂相伴狂吟五百年

開歲三日賦於台北

幽人栖碧海芳思落朱絃翠幄葳蕤樹紅霞燦爛天嫣花香送臘淑氣暖迎年化蝶蘧蘧

龔熙怡景物妍

辛卯年立春島上及齡士女仍就年尚早

畢婚嫁戲為絕句

鳥語銷魂花自綻花容奪目鳥先知詩章迎

有婾韓格不是台風故煽奇

王昭君

紅顏不自矜春色寃抑魂投閻殿訴應教畫師償

宿孽舐單于痔是諸毛

熱戲

熱戲熾心刻火燒大轉輕彈不相饒燕黎骨爛坤
元毀浪說天狼正動搖

美感

青對花魂節美感更將美豔帶花看氤氳天地饒
芳思詞境詩心著無寬

獨立中庭觀杜鵑花下鵜鳴節時感賦長律

萬老歸夢邈浮空浪跡方壺溟漲中為卜嘉祥頻

畫地圖與衍壽起淩雲擅場悍目長鄉白漬血
冤魂自散紅微物猶知奮意氣丈人矗之撲滅
濛

香爐

沈陸還於有寧海八紘隨安著鯤身窮年晏衍
寥天一御氣逍遙大化場知所由來燈假道待而後
用動為神香爐勝自當堅白燭轉花開的爍
垂芳

臘前島櫻

胡姬頰照鏡絕豔轉萬人笑殺陽和使達花不報春

添字漁家傲

碧海年年萍梗飄縹緲蓬山路杳空延企輕彈臨轟飛動勢氣援裏生靈塗炭乾坤燬　禹甸淪胥餘畫地冤抑飄蕭遼鶴歸何計歸也淒啼還振翅揮血淚人民屠戮無噍類

夢江南

憐蓮葉葉蓓復那根衍伏來年花爛縵色香遠
勝舊時勢化育事如神
嘉藹秀的鑠飈清蒼巘特都緣天種舊弘敷閒仗土
育新不朽是花神
香國裂紅旋舞菩華自昇歡幽遁蝴蝶夢了無身
淨抹層樓霞投燈語笑周遊

水龍吟

市孟真

是誰自謝非凡乾坤一擔都傾倒安排時勢下中才

覽，古今人事，豈關摧頹，山河破碎，熊羆包高。撤其間癥結，窮根究柢，君歷歷全譜曉。往事何堪空惱，向前程猛圖新造。手中霹靂，直憑隆正大興文教。激颺高風，措施碩畫，崢嶸垂藻。歎於今賸有苦心孤詣，繫人懷袌

風流子

岑寂倚虛窗。庭花颭，夢境，惱幽香。憶天北舊樓，翠流秦黛，海西新里，紅暈吳妝。醉筆驟，澄懷攄

繾綣。劇終寫荒唐落空凝情。意滄甘露。對
花伴色神御芬芳　天衢何彌廣乘輕蹻
應自馭鶴高翔縱有鳳笙無心穩帶他鄉待
舞風登舉蓬山探過蓋天鵬戲超世龍驤人便
羨予一時身在文昌。

小園

小園饒畫趣景物逗芳春鳥戲嬰紅蘂花飄點
綠茵飛雛嬉啄粒胡蝶舞依人海甸忘機者棲

遲自爽神

破曉

曙鶯歌喬木幽花護采椽故園昕夕到魂夢凝

飛仙

紛紛

紛紛冠玉皆瑚璉共扈瑤姬入洞霄夢雨歌雲

閬臺陽不教蜂蝶領嬌嬈

園居

杲日麗炎州風光一畝幽鳥彈交籟樹花落戀人頭香氣闐寥廓清輝斂寒休開懷延意象物趣価相酬

歌舞一首 嘲人涵大維

歌舞麗人行靈眸秋水横夸容嬌奪魄軼態論移情留霍雲騰彩餘囉鳥囀琴崇霞壺畔客無意隨三清

嘲花 示大維

嘉藕頻相語綢繆專日情嫣紅嬌色重淨碧素

霓生吐思迷莊蝶輸香醉曉鶯風前紛睇笑

傾國斟傾城

七月一日作

永憶年時話太清天遊靡觸即身輕玉樓專駐瑤

華藥銀海秋搖朗月精白皙與君團竇意紅嬌為

我養柔情蘭芬蓮與無緣極證得他生似此生

不寐

滄海橫流一葉舟瑤池歸夢夢中搜無情細雨多情思為寫浮生昔昔愁

凝夢

劫壞伊誰知病病民勞獨我證攖寧乾坤旋轉還交泰一事縈心夢不醒

壬辰上元挈子覺女心遊台北西山圓通寺

十洲風日美禪境緬躋攀反衍天為海空觀米聚山畫疇蒸氣韻曉嶂著花顏妙法由心

攝均倪鎮若環

贈潘貫教授

潘君甚精化學餘事發為歌詩詞亦典雅最著南冠
草爲指刺不畏強暴亦益復闡其尊人光輝先生義方之教
正得且深也承示寒家祖孫先後三代集傳述七律以一夫之

甲午夏暑前三日

力止義行風骨純換心蠲毒在亡秦

光輝先生嘗爲武將甲午後持正不受屈辱自隱於醫藥倫疲民亦存醫國

門基密蔭瞻嘉樹國運
中興挺異人測理神奇祛腐朽馳情豪宕見精
新十洲雲水魚龍活詩史長留海嶠春

撰英文中國人生哲學書成漫題　壬辰立春前四日

殊語傳思意終能是夏聲八紘申一指萬歎趣
全生大德新新運危心局局平艱難存懿迹激濁
為揚清

廊下冬暄　癸巳夏曆十月十九

綠葉花朵朵難笑沁心魂老至春猶在神全天
不言坐忘融鳥語習靜任蜂喧人境紛紛妄
清寧歛小園

霜降亭午宴坐小園以自然之舌抒情 乙未

窗意秋陰賦生機冬日綿人間掃文字天外落言詮冥窮投空活芳菲入有妍蝶蜂拈妙旨栩栩泥花前

海山迴望

老峰卓立嶂氤氳大化呈奇有至文天際矜拏龍虎勢海浪狂走鶴鵝軍幽通賦就黃神選小放歌行伯法熏理邈理應歸向我情高

情自不同聲

國立政治大學三十四週年校慶紀念刊題詞 辛丑

赫奕崢嶸教化宮元模軌物奪天工萬千神劍陶鎔處曾傍洪爐鼓大風

五十二年國曆六月廿九少女天心與黃子卓典在是締婚日其初誕也由三兒天倪為之名其成婚也由大兒天華為之導節候清和禮堂所在建築富麗有水木清華之勝、維時兩家外父老因事[illegible]

遙祝而已。日在藻雲觀家寶示詩篇，情韻穆穆，

爰以五絕一首酬之：

玉關欽黃倩，嬌態媿左芬。和成天覺朗，祥集此氤

氳。簫籟閑箋寫搦手以從海情詞家情性將繁

祉，日欣欣。

一九六五生新湖上家寺園選第一身境成絕

的自題如題

生息年月逢生日，懶伐窮坤獨影尊

不向人間問何世 大宗德本入玄門

寫了兩載歎見乞大學章論越戰是非甚

劍点憶南泉斬貓救貓公案感賦一絕

生死世間鬥倒場 劍鋒過處隱微茫 趙州

脫履安頭上 勘破機輪不可量

伴天閒的詩餘

方東美

十六字令

宵，惜別幽人倚玉簫，雨飛處，和夢憶郎翹

長相思令

長相思，短相思，長短相思離別時，相思空淚垂

桃花溪柳花溪寂

寄春心不思伊，暖香入夢微

十六字令

奇，生命花嚴繫夢思，坤極運，須賴系扶持

調笑令

生命生命，諦幻真如優孟，狂情熱意芻廟，頃刻化為冥煙，煙冥煙冥，杳渺空容難問

望江南

憶來曾宿因兩花花，獨立高岑上，向望滿天烽火破，猶孤帆繞千岡，腸欲斷，腸斷不悲家，記取家園寄留也，枝剪枝重護新那豪，逸孫南強

解連環

萬年嶺斷怯行雲眇思夢痕無著奮迅翩流時人哀歎沙漠蟒遊豺虎風
無故興征浮煙塵有綠楊城郭甚雕樓畫閣思憶舊時錦繡河嶽
愴溪春看日落漸潮平浪伏人惡字悠待擒旌來■忘敵把胡虜屠腥一
戮除邪立馬崑崙漫醉舞長杉盤磚仗同心快刀破虜國魂光灼

傷情怨

江江天青霧頻微見颺車轟樓秋天君驚千官逃鐵鳥　變巫雲陣綠
鄉廷高遠魂已先標春勝朝冠歸何日了

望江南

巴山霧鋪彩彩嘉陵流水常香粟意留落花吻浪後痕輕樓寄倚闌
情　個性事憶家山楊船岸柳飄愁鶯先亂啼留萬夢鶴巢傾
幽恨幾時平

滿江紅

落日銜山遠迴照殘霞異漢迷望遠夢魂飛亂嘗生天末樓殘楊花夢
去也情亂一瞬隨風無定玉簫聲情寄何愁離遠　幽怯亂香留
合東亞事都在今朝御雲爛國威方礴揚子江頭花月夜太平洋上
蛟龍迷戰罷還扶醉弄扁舟擲闌

南歌子

煙邈千紋水愁風萬疊山春來花殘故鄉歸夢留凄情情

三春之令

血淚對江山春陰霧鎖閒鳥啼花月夜家國夢中還

葛然徽

浣溪沙

寂寞幽心入夢微陰我望語蒼天機忘身高並五雲齊

紅風脆碎一縷香霧鳥爭啼斷腸人自惜芳菲

浪淘沙

江淮秋作寒潮奔去吐空庭一葉身生滅無去元不住再新社稷運天鈞

二

萬里奔騰作處生挪山倒寒恨難平沈沙安淘千古一水牽愁淚影縈

三

寄釋微言衰去今朝行來路枉求金陰好醉夢春陵水淘盡世人新換心

鵲踏枝

憶踏湖堤綠草綠荷盈飄香人向花間住採菊輕舟天外暮杉霞倒掛

垂楊樹　紅樓雨欄手窗窗驚鴉溫夢佇佳遊花想來素了

過去丁香永結同心國

臨江仙

春陵江畔鵑啼血落芙蓉亂去空碧波穿擊夕陽紅韻雲斜映水鏈聲

萬傑龍　遠山琴吟佳人怨千嬌百媚情濃熱心縈出玉芙蓉學言

相對無嫌也難離

清平樂

春芳燃月心擊丁香結飲未定時情百疊空對遠天愁絕　　輕舟弟影

湖亭晚霞羞煞紅霞萬里長倒映年年歷來生應似今生

柳枝詞

鶯老花殘三月春巴江柳絮舞腰身東風無力騰飛絮不是絲條自絕塵

踏莎行

故國山園空寄城關打年年血淚春風灑彈冠新沐習朝儀但求賦粟真和侃

鸚鵡能言猩猩善耍戴牛嘶馬無爭罵拗無非逐是那非奇諧亦怪

毋驚詫

如夢令

翠穴江天清練浪蕩隨波向濟冥濛拂春扉濟起深心洗痛如夢如夢

鴻鵠[illegible]休呀

鷓鴣天

雨橫（逸）風狂一葉舟無窮幽恨水空流地驚異林林東南折身共乾坤日夜浮

花不語鳥銜愁春光駘蕩影歸來又綠蝶夢翔翔破任何逍遙物

外遊

西江月

家上自有魚樂試陵誰見花蹊子規啼破寥何天倚枕聽殘月夢少

亂　大化安排有序乾元統安無爲藏身於整經成熟時分迭點變御盈

浣溪沙

己卯臘日京滬之旅將抵北京自大別山中穿雲霧迷離頂上結冰滿山之樹
皆枝如霧有七言十六句見寄聊用東坡均作詞奉答

萬里將離

遠境高寒掩大蘇雪花飄思引回車詩心盡付冰結等
超物表一身那事素玄珠幸將豪熱持冰壺

南柯子

冷月浸花樹輕風潤碧階嫦娥仙子淚琉璃一夜紅芳飄淚寫相思　蜀
魄繞那去吳山怨別離愁隔千夜亂和淚更纏懷儂四夢于黃鸝

酒泉子

鶯啼春狂萬種纏綿情思夢中夜心上愛鳥庭芳　淨持金璞
酌紅妝依舊少年風骨血奔騰神恍惚意飛揚

夢江南

春雨後香夢斂心開船繫北湖堤上柳情陰掩映淺紅俏人語破櫻桃

生查子

鳳簫吹綠眉引出黃鶯語夜影鎖心欄樓留春住　天外五雲
飛颯夢那何處蕭索玉樓人情晴燕支雨

訴衷情

人遠夢晚那堪綫柳姆娟音信斷心亂淚闌干曉蝶繞花細軒軒
狂天猶事盡奈何天

楊柳枝

極浦長條烟縷無和煙帶月禮行人漫天故故飄不因的引隄王城鎖神
掛了江頭萬縷金絲絲絲綰同心翹塵收暖鴛鴦偕占得無限歡許深
館娃宮外髮絲絲飛舞送春風不自持殘月曉鶯呼舊夢團酥捻雪憶人時
管領春風清水濱黃鸝轉處最饒春色傳輕薰桃花浪狂殺舞珠瓔佩人
羅畫橋邊絕世姿嫵婷作意為無邊東風不定風流主一回如如人詠折枝
巫和欽長占無光天然罷衣冠濱牧張緒當年怡此撩鶯啼月映度芳芬

右詠陸江上寄意和李瑾剛的

高陽臺

乾宇縈情坤極轉萬斛勝人在寒船流水西東去來不住華年桃花浪
送紅樓影攬芳心愁思諾構又凄迷雨餘長虹鳥度蒼煙浮游
宙合身爲寄悟神馳五岳恨過三川縱闖天穹回顧天又無邊嬌雲浸彩霞
星冷喚少鷗儔衣閒眠對高寒獨唱無風遠赴靈鶻

高陽臺

物外高情區中遠無一時都上蘭船大家空明縹悵遊目年年來園杜
下懷玄旨到寫言外用人懷最超然指喻莫攖心灰塵煙大乾坤
許含如甘露看交輝日月無窮山川肝膽恬愉是非邪近身邊形開但覺
共成雙意遙遙聞蝶語眠笑妍無喚芳芳嬌鶯啼血癡鵑

江神子

次韻追和辛稼軒

流雲銜日送離暉飽神嘯氣騰橫山外輕雷鬧殷懷無係了遙似飛廉
來驂(去)上天在宇家仍行人寰明處生機對眾(平)生登同情禁

挹黔贏馱驟輿和平心影寫寒何限處寧君久四絕傾

臨江仙　盤溪石氏林亭觀嘉陵暮色

密篠縈層留落日遙岑淡染殘霞歸魂無緒暗思家拈紅燈下靨嬌韻
雨中花　眾帶雨風舞彩結雲伴月流華綿情纖夢接天涯字香
三氣合熏歸渡一川斜

千秋歲

莫愁風月最愛花時節千金夢影蕭然烟兒情何處似梅蕊團香
雪將物外空均義遠孤依潔　杜宇休啼血內子蘭芽茁天不老芳長茁
照思擎乾宇外生忘年年恰時序流迴環腿煉神光切

減字木蘭花

蘭膏照影意定神閒無限境一首新詩養性梅花從夢時　龍熙農
夢萬雅網擇訪共波月斷斷娘娘浮香寄此身

虞美人　憶紅樓

翠帷掩映芙蓉靨風韻妍如月扶南歌亂閒心飛此曲人間能得
繁絃急管花前舞霧殿蓬萊燕支雨餘香散盡又思嬌嗔
更恐秋來夜夢不生春

減字木蘭花　擇甫四十誕辰撰得一闋以賀之

芸香薰夢學海書城南面擁極叶桃花老入吾鄉次道家
昔承拔腹撐腸歌樂只只四十餘年勳樹彩紅曜兩袖風　魯魚

南鄉子

元氣鬱縱橫詩意禪心自從聆大美不言天地寂生生眾妙之門總有情
道範更芳名識在隨時與化成方外獨標高物論閒閒彼是相因
任物行

清平樂

蕭瑟如舞了與煙雲去夢裏飛花天上路剩有人間愁緒　琴心
明月初開似環冉冉得來疏影暗香空與東風蕩漾春意

清平樂

紫霞深處好風驚蒼煙去路南高寒綿遠處拜御座寒不住　孤雲
嗚嗚舒懷嘯歌閶闔變開八極神遊乘風除夢醉蓬萊

庚辰蜀中除夜詠梅

菩薩蠻

冰魂不惜東風阮移根竺寺孤標格瘦影為誰妍一心言又言　蒼勉
常自傑玉骨天涯先明更生來芳菲遠承親

庚辰除夕示內

浣溪沙

嫣紅梅紅說梁燕樓深燈條無伴同心欄醉話今宵　七十載
綢繆歲歲憐三年共事夢蕭然蘭香蓮秀看經營

為傳會　盤深擇換後相

孤身夜朔幾千歡意空四方春風依舊掌提殘枝線　芳思沈冥
讀說天長久人為史盡川來追消滴西遠石

點絳脣　梅

草那花期江南詞客頻憐芳幽香細文晴祝天長久　輕寒無慮曉衣
眉尖皺相思瘦淡妝時候欲訴春心透

春從天上來　偕李猷劉太希記冰天雪地中採梅

海角天涯問甚邊點嬴故故藏新玉壺天地堅白琉律蒼茫編纏珠塵
喚飛瓊傳舞下搖亦皓月墜芳篤鄉寒送梨花好等天也形仁　相
思對腸一夜讀卿解連環京擊渾淪塞北孤覺江南疏影牧來暗擁香
芸髻嬋婷婷多態飄飄欲醉幾度歡欣枕鉤護一枝清絕長伴天民

玉樓春　陳蓬山寫云屬予爲詞題陶淵明文辭皆清逸高雅無不同今上之
撫州先生出示邀予共探春今柳何二園梅花亦著動余讀之
懷某刻意填異因爲詞奉和知我是但是誤也

莫教高枕迎春樂夢裡江南生意然風塵似亞閣紅枝冀土搖殘瓣綠
等人豪談笑江天闊堤潮尾潮頭魚奮躍亭前鶯燕放春嬌然
殺汀洲芳杜若

雙調望江南　小安天心民問何●廣宗青城亦一

堂前燕嬌轉語環階足蹤飛花輕似夢口縱紛繁拼此香何思幾年
狂　憐凡慕人皆負藏為斬葵心旋快雨如飄桐淚柴盞果腸斷
水雲鄉

雙調望江南

花如霧霧密如織香氣設霧中花密飛於春前霧作春妝春影是輕
狂　春佳否佳如要思量花看憶情花更若一春摘蕊與春悵不語醉
人腸

採桑子　月夜聽峽遠想太平洋上風光

長風吹浪頻隨去元氣新傾橫海之山倒影經霄宇宙平　珠光
綠月圍香雲嶺深深殘英入老鴛行喚霞天機鶴一聲

綠都春　春曉雲山

晨妝乍改對天地窗密香稠細拜紅日躍春今日照怡依然在年年
花影半岸微更濃疊春生眉黛小屏幽窗閨人金屋試結寫心頭夢作
憑窗簾遙鎖綠雲亂隱縷遠望天外杜宇嘆歸迴向人間是亂藍
為情終古恆交春佳期舟芳菲三界風和日日宜春雞春不壞

定風波　繫憶部妻止酒看花

莫把金甌故惱人看花不語躬傷神昨夜斜風吹雨落苦思量要許
可留春　陌上征衫猶春去何處夢魂亂花嶠痕謝粉飄紅香
嫵媚深眼漫浮雲水踏碧粼粼

阮郎歸　繫憶佳禮次好郁雪詩酬

胸中蕭灑淨纖塵芳菲適意新如仙勝想作天人豪情收點春　構
玉瑤生香酒醉如歸水底遠宸夢一助金真風花醉酒數
憶嫦娥　少坪書贈　申康賦

隨珠瑜入奇輝映人如玉人如玉嬌波橫出翻身紛繞　香氣飄夢
香風襲夢蘭香覓處幽蘭曲幽蘭曲殿前歌罷更彈松竹
似意行清光梅映梅爛東梅妝來天外樓橫歌佇初起　春風吹皺
江南沃四修詠岳陽闕曲陽闕曲舞休歌散翠眉輕蹙

人月圓　吳叢君韻以均和唐圭璋

溶溶流月穿瓊樹中影一庭花香實香夢懷流詩思夢去三巴　秦
難歌羅帶衣詠楚王烟蓋華東胡未滅罔魂休勸壯士辭家

秋宵吟　辛巳六月熱熱為中北日借咸賦調倚白石

踏雲飛霧雨晉氣和風第秋早幽思遠山陵湖山河蒼陵老　鈔今
朝玉兔敬春食陽鳥仙鳥呼喚問道家日闊精嘆空多如廿　四野皆悅
但命合莫時來了識前愁賦宮玉照吟繚纏贊才藻空作多情惱促
總去存園知更好風殿鄧璋靄請光心遠天日雨要助

鶴沖天

山水笑水浮香臨曉試新妝倚花扶夢與春收花蕊隱蓋郎　花
依舊人依惹花好更依人瘦對花脈脈引愁長蝶舞蕊輕狂

浣溪沙　追和東坡

為肉為魚命未蘇在朝在市輦香車人間底事本來無　病口衛詩腸
百結撐胸飲恨淚千珠狂風吹面立躊躇

卜算子　寄意用東坡韻

獨倚五層雲寒穴秋聲靜幽夢飄蕩因太易而大橋流心影影　匯宇
闌無人眇慮詠歎看雲夢鳴無家撫八荒向穆天風冷

霜葉飛　秋山登眺用夢窗韻

夢魂細緒。披秋思蕭瑟孤傍珠樹。秋山霜葉因飛花，渾似飄紅雨。又
逸鶴縱橫振羽。高寒詠無論今古。正意入鳴蒙。家海霧迷。雲律縵縵。
激揚幽素。　激望舊日川原。懶魂巾影影。恨極江今非昨。遠空文
錦簇青霞未老天無語。悠鬱結愁眼萬縷。支公狂想凌霄志汗
漫遊坵壞上故國蒼涼。繫心何處。

采桑子　辛巳中秋月明夜讀詩寫意示芙初

年時未解風光好，倚著花多，奈老白愁，何欄慢生涯夢裡過　如
今轉被風光惱，日出詩歌，日入詞科，一誤卻佳期百媚娥

添字昭君怨

寫恨題愁寒又漏，昔昔朝朝啼笑。歲月白了本無聲，又聞鳴　東
海橫流血淚，西海狂瀾驚浮。東傾西注兩邦合，奈何天

眼兒媚

四年人物舊京華，淚灑遍天涯。伊誰依院，江南秋夜，塞北胡沙
楓蕭鶴夢，何處血恨染山花。留春不住思穗林表鵑哭
無家

木蘭花慢　辛巳除夜佳筆

送梁雲姑夢，訴裝出萬重花。綠窗香品綴錦，風裏觸漣，心地些微。儂家。
一身亮采，似嬋娟姑射冪輕紗。今夕玉塵奮藻，流年銀海凝華。孝範。
情無自豪奢。莫從說詩詩，能瘦損孤根。寒衙秀葉，也從瓊葉。紛
緊。萬千芳思，簡畦研妻，色勞天涯。着取品瑩三界，疏香淡影橫斜。

點絳脣　閑鵰

月下騰嘹吾魂愯愴，山川震蕩千孤憤，寒穴天邪開　禹貢全隱
壯志憑誰，認芳菲藹幽蘭，身介九畹，粉根恨

點絳脣　春晚

雨過天青，夏雲裝就素娥，面浮花夢，律韻啼鶯舊　萬化
隨情綺緯，言思衍風，信要奇懷，騁貴五柳先生傳

點絳脣　壬午七夕

過盡青春，秋河始放春人渡，鵲橋新處，雛燕鳥啼曙　天上
人間情在，無情寂，年年誤，未成春趣，隔及了乃春佳

攤破浣溪沙

魚麗淵游碧水流，淪心人在蜀江頭，攜故邀新成至化，孰藏舟
鑑靜墨平思冉冉，逸空比德夢悠悠，塵世生忘無寂脈，一燕閒

江城子

嘉陵江水最無情，衍停留，碧盈盈，靜照流人憔悴自空明峽
月巖花徙棕影，年廿去，歎浮生　雲霄廿萬古文心綠蔡字賦

東征後神亭疑海棲山雲勇斷悲觀提拔龍泉乘驥上抽
怨君說天行

定風波　　仰之飲前醉筆書懷

彈鋏悲歌不為魚，滿胸豪飲慶敲壺，膽應老翰狂醉後，觸手
驚天動地是吾徒。　萬句塵封沈陸痛，飛鞚平戎萬里虜
無儔紅旆高標風拔海濤彩，龍翻飛略滅東胡

定陵步　　同美酒夜讀細想亭寫屋題

晚快讀終霸濤翻鄉媲纏繞密花香幽人抽思憶毒山　　望久之題
心耿耿眉飛歲布疾聲聲佇盒殘得賤關顏

行香子　　四六十二年元旦

竟飛叠霧欲攬撐胸。盡當之瓶及事擘。鬼神驅契合術撐縱。且一年若
一年窮一年凶。　幽通詠賦，黃神遐邈，問言之鮮，幾世難逢。愁看斗柄迴
指寅東。但察時炎鑽時運說時空。

臨江仙　　石門吹水同陳書跌

豪陵專水帶壁碧，石門雙鏡呼泉，龍仁術理試看道。多私我化了去其
寄微形。　受辭旋氣忘容陽，天人內外和同，萬平纔靜德符完。
善懷萬物非是是非空。

癸未之●五五讀朝現宅兩周四年有

驚命序

江山坐愁多冒，瘴旱衰徐吐，從梅慈香欣心奮，證警詩思千儀。播幽

說風情朦朧，飛瓊纖纖裳庭樹。怕夢魂似颺來，遲關花先舞。倩
儷名姝燕舞玉燈，脈脈四遠步。抗佯扶翩若輕鴻，縈微笑嬌靦。盼
窮歡陽阿然軼，做模樣、夢情誤易。蠲渠玉，司馬相如文君賦。蘭
幽儷曲玉臺粉彩，圓舞尚如許。橫素廣泮敷天地，萬里同縞素，帶鮫綃
美增益守。長川璀璨平鋪華貴，闌干數倚難繫，竟向人間點綴瓜
寒趣冰心塗蕩，商量乘出塵貞，嶽岸蓬遊高古。蒼茫舊國野
闊天寒，假手成淨土，西緬想繁雲飄落，少憶鄉冬夏，影影蘸清曉，曉思
壘煙佈。像原教寫胸中巘壑，張峨夢雪晶瑩，恨念今窮壤罰璣
邦謠。遙夢蓋老蠻荒，海角天涯，未遂（徙倚企）去征。

齊天樂　蟋蟀

百變千億交錯，碰人間竟成何世。間鼎覆川填溝轉壑，悽惻吳宮
燕市。喬柯故里。痛巢父傾巢，地仙多地。亂葉狂花，夜衾搖落
緒風唉。漫漫長夜闇鬢，有主孫訕怨，魂斷幽咽，漂泊
那聆流水若弱，寒雨凄颸誰衣。寂寂勸織，甚情切斷感尋
浮蘇蔥誤寫秋聲，若辛縫所詭。

采桑子

西風吹送巴江水，日夜春聲，積恨難平，萬折東流繞舊
京。　文關不若愁心住，夢也輸贏，幻也縈情，淚眼年年
未解晴

夢回遙

思故國。冷綠龍孀咽塞黑。萬里播遷縱遁。畫圖天咫尺。魂夢曉昏蕭索。杜鵑啼不息。影地化城曷可覓。問殷周戴籍。

西江月　　丙申中秋月夜初賦

塘景澂輝玉潔，偎人清夢花嬌。蘭房桂苑可憐宵。許影嬋娟不老。　江上東西繾綣，雲中今古逍遙。悠然嘯傲兩情高。灼地燭天心皎。

甲申中秋夜月

繞佛閣

最堪安妝，謝臺玉匣，情思幽窅。繡頰嬌小。廊樓待月，杼雲攬清照。謝舒昇巧。衛霜素影，簾後鮮皓。孤情多少。不教鬢彩縈華嫵懷抱。　鬢鬘數重雲，滿過羅裳風雨道。長伴夙鄉吟懶慣。慣梳雲鬟遠。地共八千老。尾問嬋娟。對嶽隱山尊。深懷懃倒。撫處心都臨蒼昊。

浣溪沙　　乙酉

姚佚繽紛帶袖飄，清陰暗曉醺百花嬌。春魂親暖不須招。揚蘭儀曲人間覓，轉玉仙瑤紅亭綠酒飲玉喬。

天山修

雨霖　春水

天外綠雲龍。破坼塵萬重來現清影。狂瀾騰纖纖鐵。驚逝夢游魂。清澄含空。撥解舉水呈平穩。斂心舒正。大形蕤萃緣何故，似飭拘。虛遠靜。騰人生大羽翼。杜一曲之知。游之冥怪。花影舞嬌姿。

芳菲意灼爍碧瑤千頃。空靈瀟灑，同觀三界神明炳。撒開來黑無
邪蔽，獨樹圖騰真境。

木蘭花　乙酉四字作

綠楊芳草喜盈城，依依楊柳來相接客，會人言語　燕子穿梭我
飛燕鳴有據　飄魂紀庚秋燈燭細寫深生千萬緒圖強民
癡騎指揚眺望問天天不語

浣溪沙

陸白樓廬有秘藏，小樓高閣擁羲皇，倒月天府造瑤光　水雲
栖神莊道志，霜花經眼老知常，夢夢為胡蝶夢還鄉

風入松

伴天如閒蕙蘭堂，八載傷京藥欄房，剝陳根在玉函殘枝舊
芸香婉宴香燒非世尊，樽寒雁辭行，百年人發萬年狂
傷氣迴腸撥誠，酬寫招魂燃，問何時歸，雙儀芳勢紫幽靈
紆迴依稀夢，煥重光

浣溪沙　書海家行吟　三十八年七五

避地無詩酬好志，孝光倫又眠，詩人太平洋畔獨傷神　水勢幻成人忿
險山痕酬寫歎歸新，魚連何處好可遞秦

滿庭芳

川端梅夕照

雲水蒼茫，椰風蕭颯，夕陽紅滿西垂。太清工幻，常象忽成奇。雲霧游文繚緲，摛華藻、序炳龍飛。虹橋下，長河倒影，神妙寫穹儀。

騷情縈楚，容紉蘭佩杜，哀郢明夷。賦物芳心潔，義遠詞微。世垢悠然自濯，淒涼事、不滓天機。澄氛靄，浮縣畫煜，赫奕有光輝。

菩薩蠻

流霞遠引詩心去，停雲近倚詞心住。心影澂江天，花容倚仰妍。

珠光秋水注，莖臭春風度。借問雲中人，何為江上巡。

添字漁家傲

碧海年年萍梗意。縹渺蓬山，路杳空延企。輕彈臨
轉飛，動勢忽祲，裹生靈塗炭乾坤燬。 憑向渝省
錦畫無窮，抑飄蕭遼鶴歸何計。歸也淒，停還振翅。
揮血淚，人民屠戮無噍類。

夢江南

憐落葉，葉落復歸根。衍伏來年花爛熳，色香遠
勝舊時春。化育本為神。
嘉蔭秀，的皪颯清芬。嶙特都緣天植茁，弘敷閒仗土。
育新不朽是花神——
香國裏，紅旋舞茵華，鼻吹幽通蝴蝶夢，少意身
淨抹層樓霧殘燈，語漢周遊

小龍吟　　韦玉真

是誰自詡非凡，乾坤一擔都傾倒。安排時勢，下中才質，古今人表。空隨擅類，山河破碎，熊羆咆高。撒其間獻猜，窮根究柢，君歷歷全諳曉。　往事何堪空惘。向前程猛圖新造。手中霹靂，直德隆正，大興文教。激覽高風，措施碩畫，崢嶸垂藻。歎於今贊有苦心孤詣，繫人懷抱。

。風流子

岑寂倚虛窗。庭花颭，夢境憐幽香。憶天北舊樓，翠流秦黛，海西新里，紅暈吳妝。醉筆騷，澄懷憶

繾綣、創格寫荒唐。落墨凝情、烹飡甘露、對
花併色、神御芬芳。　天衢何瀰廣、乘輕蹻、
應自馭鶴高翔。縱有鳳笙、無心穩帶他鄉。待
霽風登舉、遠山掠過、蓋天鵬戲、超世龍驤。人便
羨予一時身在文昌。

〔散稿拾零〕

至極南極後遊子天一柱
尊乃年三萬日薄
崦仰羲軒
報詠小詩永懷高誼

陶養天真，看夏面四峰，爭氣負高，拔倚共

畢展戲綠

五十初度並值結婚三十周年，聊述短言

以寄真

日月交輝

戊子夏曆二月九日方東美

熙怡性靜，有動意雙，璧邀神照曠，達情與

詩詞稿拾零

方東美

含光老人用太白詩意寫龍舒山水見贈①，賦此稱謝。

少小潛龍舒，性分適山水。西挹天柱嵐，東吸海霞髓。眄南厲江濤，遣北淮雲委。虛廓谷此神，天地齊一指。
大方原無隅，胡爲滯窟理。坐吟萬籟龢，宙合成一美。②羈東走塵埃，於今歷三紀。域外觀所尚，所尚唯道始。
汜兮侔海若，寬淵無涯涘。又如攢雲峰，巉巖恣摩揣。恍惚會精眞，饜飫味厥旨。③中間遭陸沈，羣魚游釜底。
洪濤不止沸，交胥烈案簋。再逢火山發，烈燗去天咫，金剛不壞身，出入齊生死。惟能出其外，熊熊熬觀止。
僭越此山水，嶮介娟游子。萬怪互交錯，逕之蹊塗軌。登涉忘憂愉，縱誕泯彼此。大浸獨不溺，土山焦不毀。
彭祖與成鳩，方余百世俟。④疇昔出東川，摩天穿霞綺。萬山羅兒孫，岐嶷爭秀峙。提神於太虛，俯之眞旖旎。⑤
年前訪神山，蓬壺任徙倚。大海在其下，杯水粗相似。浮浮余步虛，洪波徒激詭。壯遊歷八紘，味如耽書史。
浩意兼奇情，麗詞紛在紙。⑥忽忽今投荒，他年翁歸耳。悽惻懷故山，眇慮選夢擬。矜夢臻奇境，幻美亦可喜。⑦
雲岑攢嘉樹，嘉樹蔭芳芷。危巖瀉懸泉，飛淙散瑤蘂。巉阿隱幽人，冥思相蔡蓲。遊心契玄玄，象物謐適已。
多謝詩叢師，遺余丘壑裏。⑧

小註

1. 時爲民國三十八年，蒞入臺未久也；先是三十七年春陳含光先生七十大慶時，余曾有一聯以爲壽，文曰「一德成純，陶陶性壽；三元悉解，灼灼文章。」含老覆書激賞之，是書並酬余未盡之也。
2. 追敘少小時地理環境及文化素養。
3. 及壯浸遊海外，探求哲智。
4. 壯年返國後任教武昌及南京國立各大學，眼見外國侵陵，軍閥禍國，革命後不久，日寇又逞兇暴，殘忍無比，幸賴舉國人人精神振奮，終殲醜虜。
5. 日本投降後，余以憂患餘生，首次乘坐飛機出川返京，是時秋高氣爽，沿途歷覽名山大川，意興甚豪。
6. 三十六年夏，應許恪士先生之邀，來臺作學術演講，撰有臺灣雜詠二十二首，是爲寶島初戀也。此次凌虛俯瞰東海奇景，所得實多，其後若干年中，橫渡太平洋及新大陸者往返十六次，每升高空透視海山遠景，恠恠奇奇，眞幻雜陳，以益智慧不少，故余常勸學哲學者當以乘坐飛機爲第一課也。
7. 三十七年重蒞臺灣任教，迄今二十餘年，緬懷故鄉山水名勝，徒嗟殊異己時也。
8. 幻想移情，起入實境，曲折幽深，令人有「天遊一丘壑，孰視侔公卿」之感。

（編者謹按）含光老人爲名詩家陳含光老先生，其公子陳康教授爲名學者，亦爲方先生早年弟子之一；此詩之手跡原稿附於後。

廿四潛龍鄉性分直山水雨花天柱嵐光吸海霞髮聯南
屠江濤泄北淮雲委密鄒谷與神天地為一指大方鄉無陽胡
為嶠窟理坐吟萬籟鍾鱗宙合成一笑鶴東達塵埃於
今惟三紀域外觀所尚所尚唯道始旦了伴海若寬闊
無限漢又攬雲峰巑岏巖巖逸摩撐恍惚會精真
饕餮味殿台中間遭陸沈羣魚游釜底洪湯不止沸
交皆盈案篋盈舟逢火山發烈開天巴金剛不壞身出
入於生死出入於焦熬觀止僧趣與山水嶮介媚游
子萬怪互交錯還之歸途軌登皆忘憂愉鄉延眠被
此大陽獨不脫土山焦不毀彭祖與殤方余百世笑睛昔
出東川摩天穿穀繞萬山羅兜孫岐巔爭秀峰接神
於太虛俯之真誘旋車前訪神山蓬壺仙從倚大海杯
天下杯水粗相似浮浮余步虛洪波徒激流恍遊臨八紘味
如脫春夢史浩意無奇情麗詞紛在紙忽忽今撫荒他年

篇歸乎懷感懷故山聯慮憑夢攀夢繞大荒境
幻美亦可致雲岑攢嘉樹嘉樹蔭芳芷危磴隔懸
泉飛淙漱瑤藻巖阿聽幽人覃思相攀蘿懈心契茲玄象
物我適己多謝詩畫師置余丘壑裏

含光老人用古句詩意寫龍舒山水一幀見贈賦此奉
謝敬之
匡謬

後學方東美呈稿

民國四十年 1951

二月小

日	一	二	三	四	五	六
				1	2	3
4	5	6	7	8	9	10
11	12	13	14	15	16	17
18	19	20	21	22	23	24
25	26	27	28			

5

星期一

庚寅十二月小

廿九

廿八立春

丙子

代日··徵

庚寅除夕

喪亂羈窮海飄零

又四年劍寞旬新地

劫懷憔呼天問命梅

魂儂詩情燭淚箋

大新總過來明日紅

旋乾

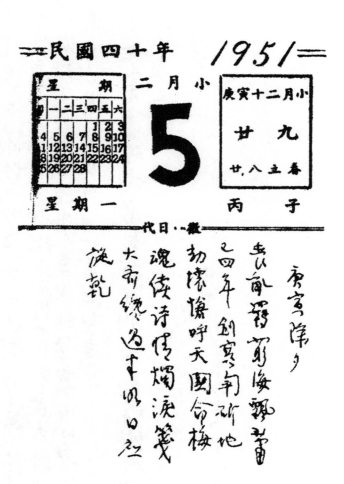

民國四十年 1951

日	一	二	三	四	五	六
				1	2	3
4	5	6	7	8	9	10
11	12	13	14	15	16	17
18	19	20	21	22	23	24
25	26	27	28			

二月小

6

辛卯正月大

初一

十四雨水

星期二　丁丑

代日‥魚

辛卯正旦背梅口號

末劫無端毀大千
懷迷淪淚倚尊前
丹心掩冊同哀樂
相伴狂吟[illegible]年

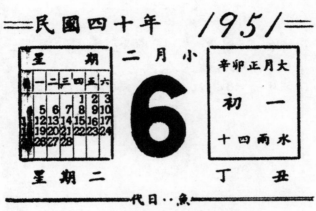

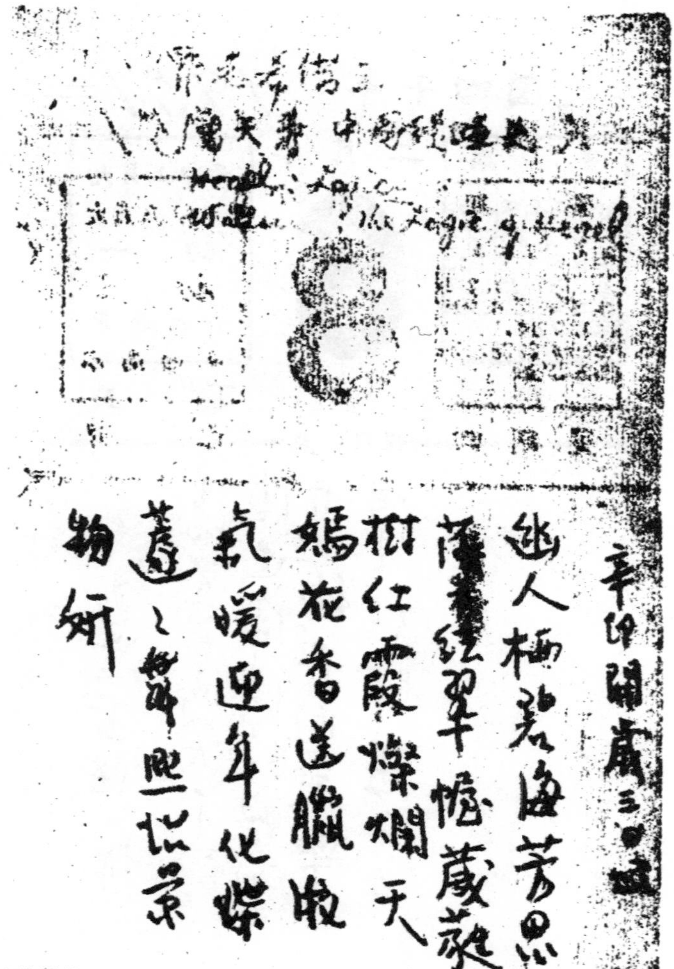
辛卯開歲三日戲
幽人棲碧海芳思
落[illegible]繞翠憶葳蕤
樹紅霞燦爛天
嫣花香送臘嫩
氣暖迎年化蝶
蘧〻蝶興一些景
物新

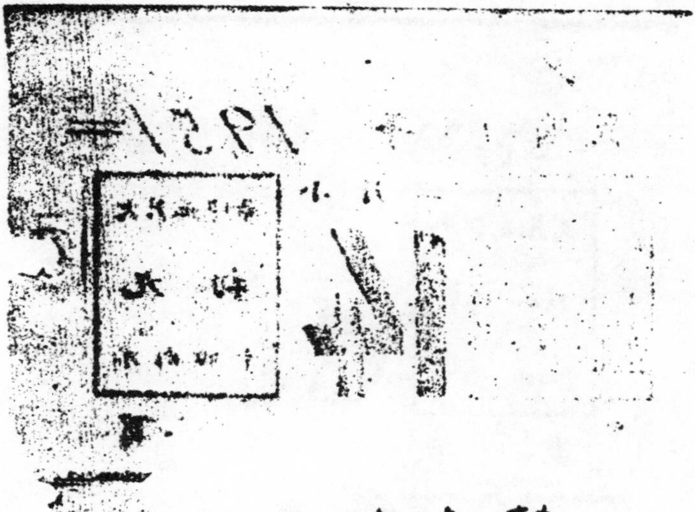

热戲

热戲機心劍火燒
大[illegible]輕彈不相饒
蒸黎骨爛坤元毀
浪說天狼亟動搖

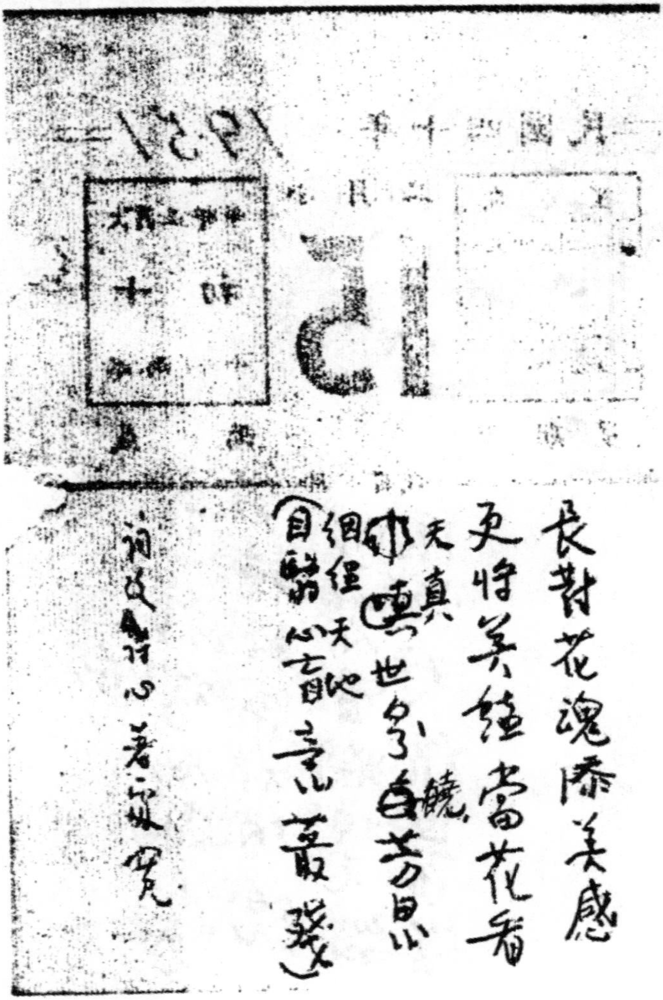
1931
15
長對花魂添美感
更將美鍾當花看

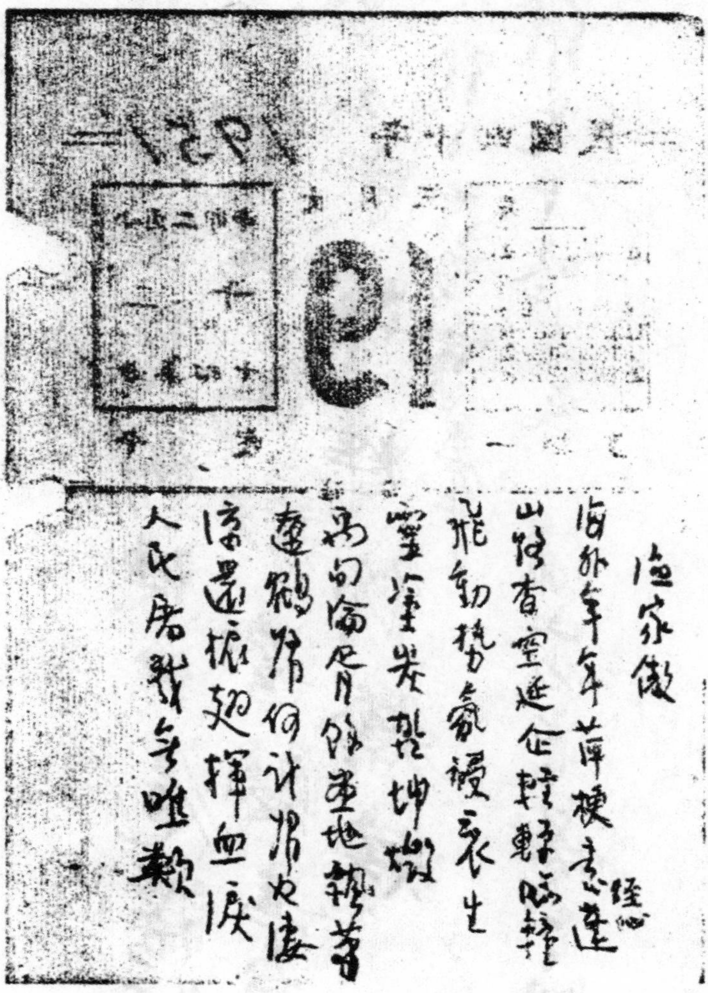
民國四十年
1951
漁家傲

行行冠玉皆瑚璉共庵陽姬
入洞霄無夢雨歌雲閔臺
閣不教蜂蝶領嬌嬈

行行一首寫奉

弟方東美之艸

大維先生吟定

舜生吾兄　千古

史乾並兼才學識

軌儀常見讜貞公

弟方東美敬輓

博極古今，人海播揚傳英遠；
明通內外，儒林誦惜邵堯夫。
淳樸風猷，士之楷模，國之楨幹；
穆清才調，生為文節，歿為人龍。

孟真校長吾兄千古

弟方東美敬輓

逸凡吾兄　千古

三紀數交期　永訣不堪無限哀
萬方多難日　中興狂想濟時才

弟方東美敬輓

孝侯吾兄 千古

巴山夜雨，青溪月朗，抵掌縱談天下事；卅載鎮逢君，殷勤重作考工記

海嶠雲蒸，炎州風起，掣電待除地獄魔；一朝遽別系，惻愴長吟天問篇

弟 方東美 鞠躬敬挽

賀好友弄璋之喜

一索得男玉壺新詠歡娛事
三修轉相佛地經論功德行

自香小詩略借心影語字唐人舊例向不
和之韻
尊夫人弄璋十六喜為得男家中附語
一串徵由招理自分可博得佳釀一杯
但三日轉得之說或恐
尊夫人不樂詳耳 他日再弄祝 二三四
五六索也

中華民國五十六年

MARCH 三 月

SUNDAY
26
星期日
農曆二月十八

MONDAY
27
星期一
十九

TUESDAY
28
星期二
二十

WEDNESDAY
1
星期三
廿一

THURSDAY
2
星期四
廿二

FRIDAY
3
星期五
廿三

SATURDAY
4
星期六
廿四

黃芽庭(裱)戀人仙鶴樹花蔥水接天天外無龍增古意
卅中遊妙入畫云
山居習靜觀

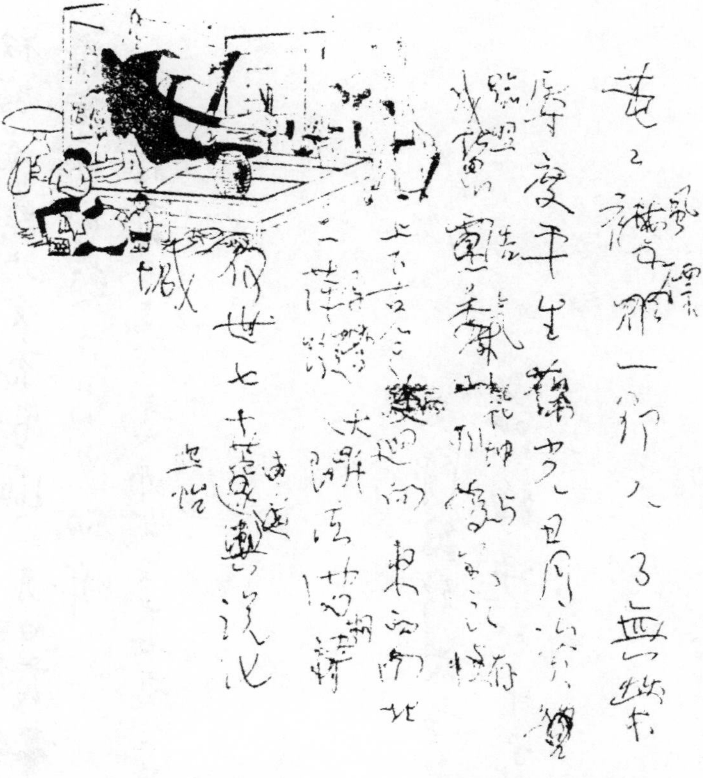

同情　[illegible]，[illegible]的[illegible]，[illegible]的[illegible]，[illegible]。[illegible]……[illegible]有一[illegible]東西能[illegible]上為別人的[illegible]上的[illegible]味，那樣光彩耀人　▲精神上的同情，有時勝於物質上的施予，因為金錢是身外物，而付出的同情則是傳達愛心　▲同情的[illegible]勝於武力多多，冷酷無情，乃是[illegible]相[illegible]的品味，則是化[illegible]為祥和的[illegible]　▲同情是一切內在的道德中的最高美德。

（編者謹按）此作見於五十六年三月案頭日曆

玉闕方懷意永凝，變雲時花柔天地樣。
襖散氤氳六合香，風攜一身甘露靈。
櫻亭嬰娑傳得日初晴。
插大般若十六會詠求贊天女散花像

天津飛行無量壽
人間靜待八千春

世界之最 ▲世界上最長之隧道在瑞士，連意大利之辛普倫隧道，長十二哩，為通往意大利的捷徑，為世界最艱鉅之隧道工程 ▲世界最大的活火山位於大西洋底，東經一五四度，北緯三〇度左右，該火山高達五千公尺 ▲世界最大之鹹水湖是裡海，位處歐亞洲之間，面積約十九萬方哩 ▲世界最大之半島，為阿拉伯半島，東濱波斯灣，南介阿拉伯海，北連大陸，面積一百六十萬方公里，氣候酷熱，雨量缺乏，為世界最熱之地

（編者謹按）此作見於五十六年六月上旬案頭日曆

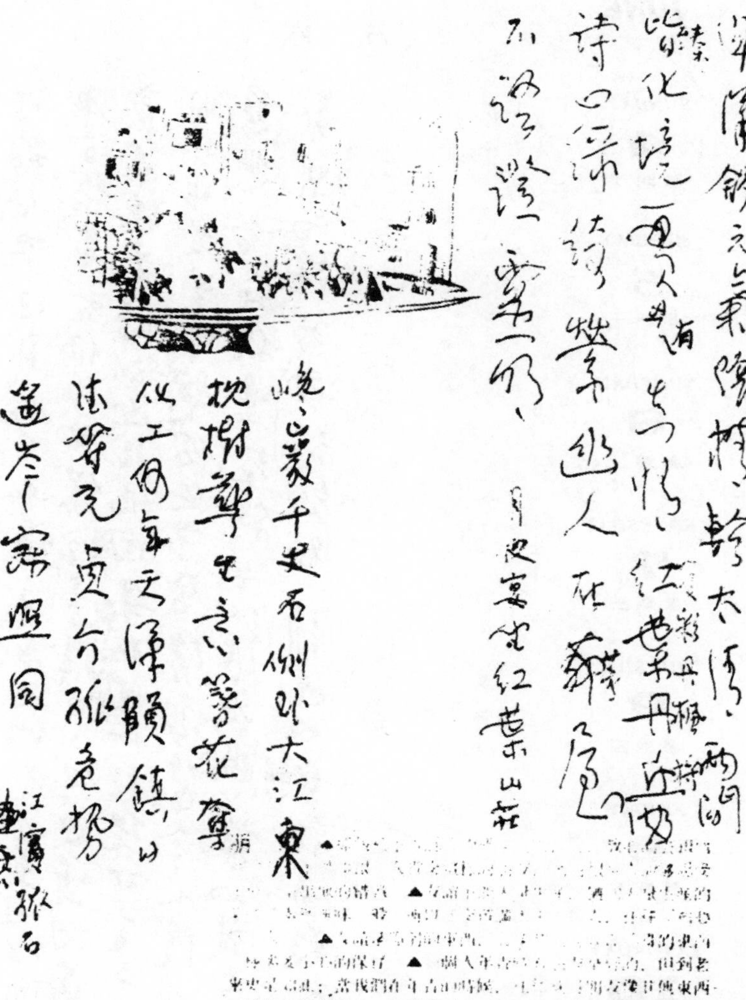

（編者謹按）此作見於五十六年六月日曆

中華民國五十六年
JUNE 六月

SUNDAY 4 星期日 農曆四月廿七

MONDAY 5 星期一 廿八

TUESDAY 6 星期二 廿九

WEDNESDAY 7 星期三 三十

THURSDAY 8 星期四 農曆五月一

FRIDAY 9 星期五 二

SATURDAY 10 星期六 三

大隱隱朝市朝市也可隱瀟之閙街衢日夕譁喧我
鬱鬱愁冥冥亘載鬼千乘擾，而車人似花後車人似俑，我
車與後車花俑卻林綠之方藏刀人情皮嗔相譁也
言等魂來臨劍血橫迸國人彩機械現究之甚
那非非是是非空姿出世苦蝎奮鴛今之人憶所以
蕉怨皆疾倦棄寵領苦心亦為熱熱心就與它
然然的花外物終仗物併為斬赭兩殺人

齊明不竭見天心

方東美

余在首都初識　恪士兄於摯友洪範五兄處。三十餘年以來，展轉播遷，敎乃同校，居則密邇，時相過從，娛飫敎益。今　哲人云亡，墓木已拱，追憶往事，倍覺神傷！僅賦七絕句數首，以誌永念云爾。

一

八載嘉陵景物殊，天光雲影鳥相呼。
森林密蔭叢臺畔，作育期成大雅儒。

二

倭虜降旛出綠蘿，漢家人唱大風歌。
收京喜共乘仙蹻，千萬雲峯足下過。

三

餘生自分太平人，虎踞關前與卜鄰。
抱甕澆花適情性，機心機事兀常泯。

四

瑤函忽自海東來，爲報神山有異材。
道術叵爲天下裂，兼陳萬物待君裁。

五

春秋大義今何在，邪穢侵淫禹甸沉。
超海挾山抗高志，齊明不竭見天心。

附註一、抗戰時俱掌敎重慶沙坪壩國立中央大學。君居石門村，我棲樊家院。昕夕可見高蹤。
二、日本投降後，同機返京。過巫山時，兄忽離座屹立，吞吐雲霞，以洩積憤。
三、收京後，兄卜居新住宅區二區，我則在一區，均當虎踞關前也。
四、三十六年夏，兄任台灣省敎育廳長時，馳函招邀前來，作爲期一月之學術演講。
五、三十八年夏季以後，又與余同執敎鞭於台大哲學系。兄先後授歷史哲學及倫理學。逝世前有五千言長函致德國友人陳述新時代精神使命，理想高超，氣韻沈雄，具見大義懍然也。

（編者謹按）此詩作於五十六年，手跡原稿謹附於后。

中華民國五十六年

十月

OCTOBER

數日前訪錢穆先生於其友洪範五先生處，三十餘年
以未曾謀面，遂數乃同校居別室，適時相過，酒闌飯散，登
今猶令人念之。茲墓木已拱，追憶往事，瞿覺沖淡，得綴七絕一首
以誌永念云爾　　五十七年十

八載嘉陵景物殊　天光雲影鳥相呼　森林密蔭
叢中時作高胡成大雅儔
幾度降禧出綠蔭　漢家人唱大風歌　收京盡共
乘仙鶴千萬里雲霄下追
傷生自分太平人　猶歸閑殘鳥卜濟極難農夜
遠眺性機心機事元世之泥

SUNDAY 22 星期日 十九 九月

MONDAY 23 星期一 二十

TUESDAY 24 星期二 廿一

WEDNESDAY 25 星期三 廿二

THURSDAY 26 星期四 廿三

FRIDAY 27 星期五 廿四

SATURDAY 28 星期六 廿五

中華民國五十六年

OCTOBER 十月

SUNDAY
15
星期日

MONDAY
16
星期一

TUESDAY
17
星期二

WEDNESDAY
18
星期三

THURSDAY
19
星期四

FRIDAY
20
星期五

SATURDAY
21
星期六

[illegible]

克夏克商績熙敬止
允文允武壽考且寧
總統蔣公八十五歲華誕敬擬詩
方東美

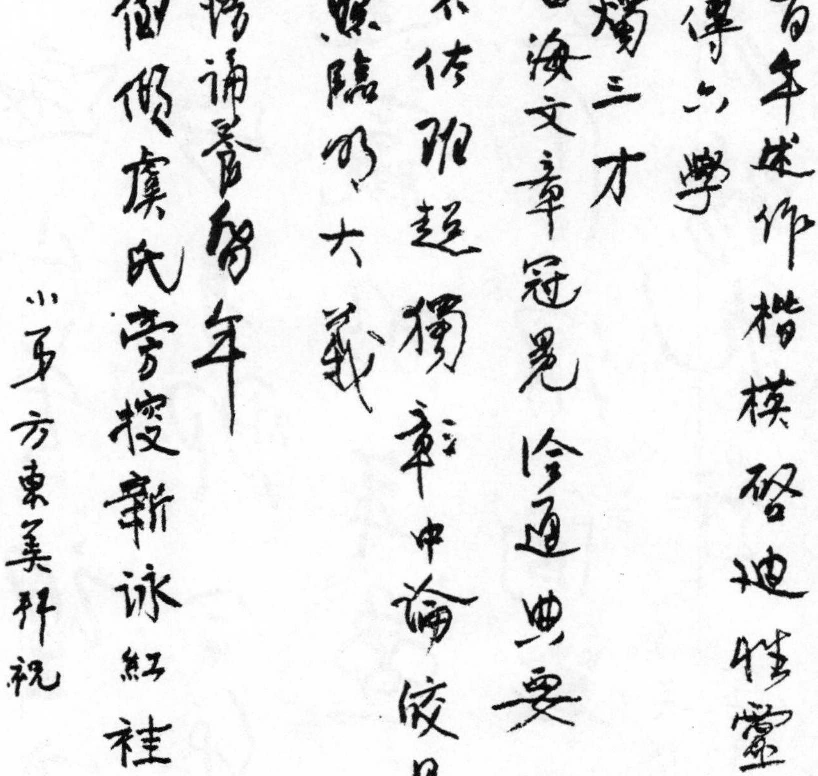

（編者謹按）此聯作於民國五十六年九月十五日為徐子明先生八十壽。

水遠山長望稿

京洛風塵那合住

蓬瀛吟年更何

遊儻渭雨戰賢

豪儻九行

七十叟　吳望伽

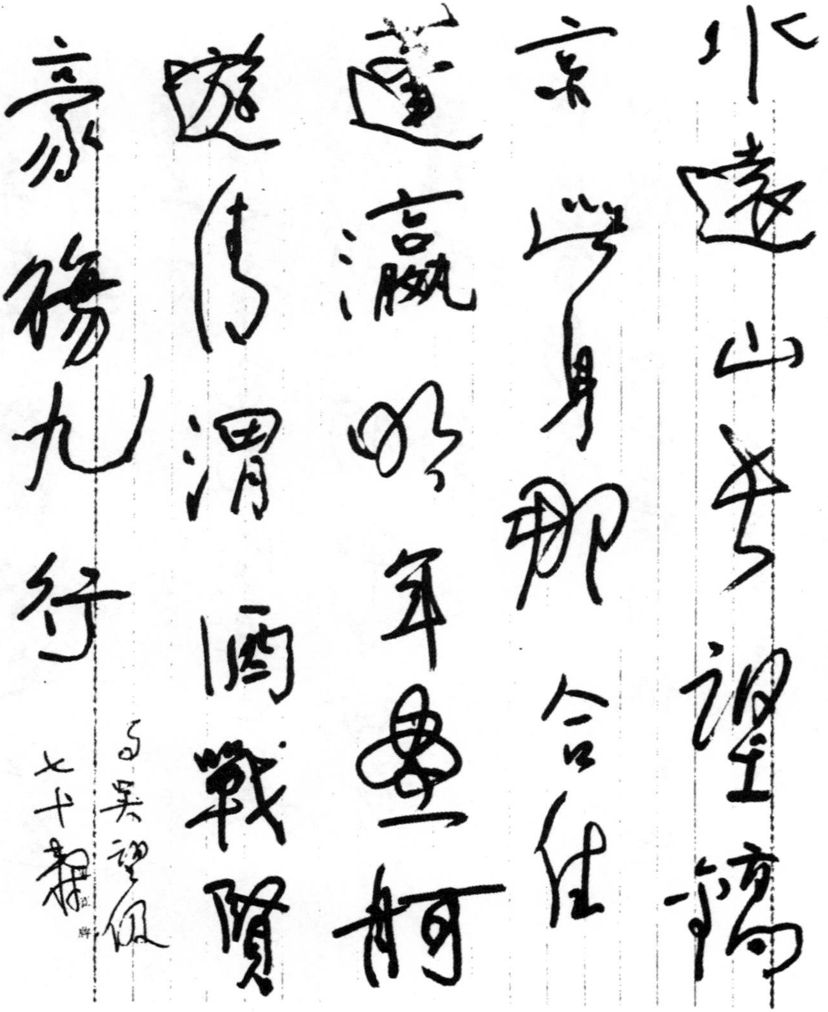

張佛千先生以詩詞嘉篇見予楹聯一絕即以奉題愛晚亭集

夕陽新翠勝朝霞
海市天開覺豔花
生意盎然盈宇宙
興悟造境入奇佳

方東美

寒梅石花吟詠逖於七秩殘句獻辭

敍來邊燕災燕地鄉有深根亦惘然

旅懷四眸天地非流離雪忘窮荒研

浙西朱公的為詩寫

儀俠標宗趣因緣證性其兩千年代後

當有繼承人

小薇女士一川吳君花燭之喜謹綴短句以為賀

密節凝形氣來遂端天地其和柔徽因徒剛健翰

三夜燦爍薇爾郁栗穗自祇玉杏其簫韶九成奏

飾喜並賀新

逖敬　三月廿二

（編者謹按）許逖君與陳一川君均為　先生在臺大任教時弟子

六十三年元宵詠梅

浩渺晶瑩造化新
冥雲冥霞散冥塵（璀璨）
一心桃歡化千樹（穠）
六瓣新移香天地春

冥極南枝發擎天一柱字
（今年以桃花爲歲首自誌紀述）
百年三萬日華海仰羲軒

六十四年十月三十一日恭逢
總統蔣公八秩晉九誕辰
紀念日輓誠小詩永懷
高謨

少西伯專征有九年指揮能事迴天地

剩軒轅算零三戰訓練強兵泣鬼神

總統 蔣公作古精神長塞宇宙悠久無竟

方東美拜挽

葉地炮莊讀後詠

鵬飛蝶夢不追攀大寫垂玄心
筆調冥絕儕驕心口之心妙寫靈
圓狀有無間

84年六月六日

情性風標江左文章稱第一
神思氣韻胸中丘壑天下無雙
一代宗師今已矣
萬姓企仰未如何

校長　總統　蔣公遐陞周年
紀念輒賦小詩永懷高韻

望極南移後　擎天一柱尊
百年三萬日　薄海仰羲軒

方東美

（編者謹按）此聯為先生紀念故總統　蔣公逝世周年之作，當在六十五年四月五日。
又　先生亦用此聯紀念　蔣公冥壽誕日。

春思　六十五年四月廿日

花事闌珊春已歸萬般姿媚入幽微留芳与
我騰空想尋無怡人有化機實應花庭盈
蝶夢巍巍岩石凝輝暉古今生意如流轉
炎去冬來頻不遠

病中示問疾者並謝親友盛意　方東美

衆生未病吾斯病，我病衆生病亦痊，病病惟因真不病，重玄妙法洽天然。

附註：(1)未病者病而不知其病也。

(2)天然謂天與自然

（編者謹按）此詩作於六十六年三月，為先生最後遺墨之一。

介文老先生千古

千載遺言，神勇人嫻文韜而擅武略，精神留傳虎子，文範懿美。

萬里歸來，湧真情善事後以慰老母，儒行彰顯孝思，子道純全。

弟方東美拜挽

（編者謹按）孫介文先生為孫智燊教授尊翁，孫智燊教授為先生在

5月4日 星期

我自空中來
還向空中去
空空幾所有 (何)
住心六芸處

——

狂邪遮智慧
所得只狂邪
心性難萬數
我得落一边
主体不自觉
所觉随客田
主客不相融即
边见惟狂邪
證

讒言爲荼毒中之最可惡者，常深入於聽者之心。 ——蕭伯納

（編者謹按）先生詩兩首作於六十六年五月四日寫在日記簿上；乃纏綿病榻之作。

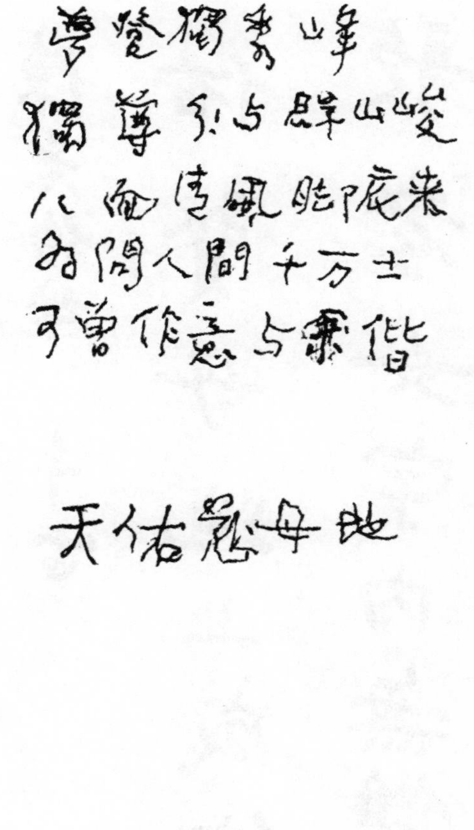
5月6日　星期

夢登獨秀山峰
獨尊不与群山峻
八面清風腳底來
多問人間千万士
可曾作意与雲偕

天佑慈母地

有非常之膽識；始可作非常之事業　一壹多士

（編者謹按）此詩為　先生最後之作，時為民國六十六年五月六日。此後病情轉劇，於七月十三日不幸仙逝，臨終曾頻呼：「中華民國萬萬歲」。「天佑慈母地……」乃　先生輓陳太夫人未完之輓辭。

陳老伯母　千古

天佑賢母地上成仙

人歌孝女宇內無雙

世愚姪方東美拜挽

（編者謹按）六十六年五月十四日　先生夢陳太夫人已作古，並將輓聯腹稿寫出，時　先生已病榻纏綿，仍勉為起坐，由夫人扶至榻前留此最後遺墨；嗣後入於彌留狀態，延至七月十三日謝世。陳太夫人於五月十六日仙逝，去　先生夢後二日，享壽九十有五。有女淪生，事母至孝，為方夫人同學至好。

後記

國內外學術界認識先父方東美教授的人士，都知道他是頗有成就的哲學家。不過對於他詩詞造詣熟悉的人，不算很多。這是因為父親借用詩詞發揮自己私人的情緒觀感，除了對於家人和少數知交，他不輕易出示作品。大概是因為我們子女愚鈍，父親很少和我們談論他哲學方面的見解，可是他喜歡向我們示讀他的詩詞。因此父親對於我們不僅是一位哲學家，更是一位詩人。

我們年輕讀小學中學的時期，住在家裏，夜深夢醒，常聽見父親在他的書房兼臥室裏吟詩。他時常利用夜間的寧靜，讀書寫作，要到清晨三四點才就寢。上午我們都去學校，他再補睡。可是他如有自己得意的詩詞，就等不及向母親和我們誦讀。

父親的詩詞大部份是在重慶八年抗戰期間寫作。那時我們全家住在沙坪壩嘉陵江畔中央大學教職員宿舍的巒家院。似乎生活愈苦，父親研讀愈勤，詩情愈濃，這大概也就是所謂的重慶精神。我家的泥牆陋屋，卻是父親所題詩集的「堅白精舍」。嘉陵江對面磐溪的瀑聲，江中石門急濤，岸邊縴夫歌唱，常與父親詩詠相應，極有情趣。三年前父親在中壢市中央大學專題演講「教育與文化」，還說起他的少壯時代，讀書做學問最好的時期，都在中大度過（見國魂雜誌第三四六期，六十三年九月號。）因此父親在五十多年任教的各大學中，對於中央大學最有感情。

六十二年十一月中，第二屆世界詩人大會在臺北舉行，父親應邀主講「詩與生命」。他由司空圖的詩品，選引勁健、雄渾、流動入高古三首，以代表中國儒家、道家、和大乘佛家思想為生命禮讚的合鳴。現在我就意譯父親自己幾句英語講詞來敬獻給他老人家在天之靈：

生命的現實就是苦難！在這煩惱的世界裏，如果只求生存，那樣即是多才的詩人們，也夠痛苦的。我們應該依照智慧的啟示，投身窮境，為高尚的目標奮鬥。自力製作的解脫乘具，經過創造理想的漫漫長途，必須要在時代的波動間支持我們，才能安達彼岸。難得的內心啟迪，一旦臻至，就會為我們顯示一個神聖的經驗世界，其中千古的極樂取代了長年難耐的生命悲劇。詩詞的幻象可以幫助我們穿過悲慘生存的圈套，而開墾精神自由的新天地。不僅是希臘人的古詩人，現代所有的詩友都應該將生命結束的悲傷，轉認為精神的凱旋。

（英文原稿載亞洲文化季刊第二卷第二期，六十三年夏季號）

這集詩詞主要是根據父親手鈔「堅白精舍詩集」六卷影印。前三卷手筆特別工整，後三卷的字稍草，卻是他平常的習慣。最近十多年來，父親去美國講學任教六次，並且致力哲學著作，只有零星寫了一些詩詞。我們曾經盡力收集，排在集後。

父親在世常引歌德，說詩的功能在作生命之夢。現在我代表家人，敬祝讀者們共賞父親當年生命夢幻的詩境！

方天華　敬謹後記

〔附錄〕人名簡介
（按筆劃次序）

方高芙初：東美先生之夫人，前臺大外文系教授。

方天華、天覺、天倪、天心：東美先生之長子、次子、三子與幼女；分別為化學博士、機械學博士、電機學博士，與圖書館學碩士。

方天煦：東美先生之第五女，抗日避難途中不幸病亡。

方意瑰：東美先生之二兄。

方受觀：東美先生之姪，二兄意瑰先生之子。

心杏老人：俞曾廣珊女士，俞大維先生之高堂，曾文正公之孫女。

左舜生：少年中國學會會員，青年黨創辦人之一，為　東美先生老友。

朱光潛：字孟實，北大教授，美學家，與　東美先生多年同學，交誼極深。

朱疊先：名希祖，曾任前國立北京大學史學教授，為章太炎先生之高足。

伍叔儻：前國立中央大學中文系教授。

含光老人：陳含光老先生，名書畫家、詩人，與　東美先生交情極深，其公子陳康教授乃希臘哲學專家，字棄疾，為　東美先生早期弟子之一。
余光烺：前金陵大學農學院教授。
汪辟疆：前國立中央大學中文系教授。
李證剛：前國立中央大學哲學系教授，為　東美先生老友，交誼極深。
宗白華：前國立中央大學哲學系主任。
果　玲：重慶報國寺詩僧。
吳望伋：浙江籍立法委員。
俞大維：曾任交通部長、國防部長，為　東美先生老友。
胡小石：前國立中央大學中文系教授，為　東美先生老友。
胡翔冬：前私立金陵大學及國立中央大學教授，名詩家。
段錫朋：字書詒，為南方五四運動發起人之一，　東美先生之好友。
姚　琮：字味辛，名詩家，早年畢業於日本士官學校，曾任總統府國策顧問。
范鐵翹：前國立中央大學教授。
徐子明：名光，前臺大歷史系教授，　東美先生老友。
徐悲鴻：畫家，前國立中央大學藝術系教授。
唐君毅：哲學家，香港新亞研究所哲學教授，曾任臺大客座教授，為　東美先生早期弟子之一。

唐圭璋：前國立中央大學中文系教授，擅詞曲，為吳瞿安先生之高足。

泰戈爾：印度名詩哲。

許恪士：教育家，曾任教於前國立中央大學及臺灣大學，並曾任臺灣省教育廳長。

陳之佛：前國立中央大學藝術系教授。

陳逸凡：東南大學教授，曾任立法委員，為　先生好友，交誼極深。

陳淯生：名孝女，與方夫人為多年同學至交，亦為　先生在臺大同事，　先生最後遺墨即為其高堂陳太夫人所作之輓聯。

孫智燊：美國南伊大學哲學博士，南阿拉巴馬大學教授，曾任臺大哲學系主任，為　東美先生在臺弟子之一，　先生病重期間猶曾為其尊翁　孫介文先生作輓聯。

孫聞園：前安徽桐城中學校長，　東美先生與朱光潛先生曾就讀該校。

孫鷹若：名世揚，曾歷任前國立中央大學及安徽大學教授，為章太炎先生之高足。

程石泉：美國華盛頓大學哲學博士，賓州大學教授，與　東美先生交誼頗篤，為　先生早期弟子之一。

黃仲蘇：少年中國學會會員，與　先生為金陵大學同學，曾任東南大學教授，交誼極深。

張佛千：名作家，於　先生晚年曾酬詩唱和。

湯元吉：曾任教於國立浙江大學化學系，來臺後曾任臺肥公司總經理，為「少中」老友。
傅斯年：字孟真，遷臺初期臺大校長，為　東美先生好友。
賀昌群：曾任前國立中央大學史學教授。
熊十力：字子貞，哲學家，為　東美先生好友。　先生曾作長信與十力先生論大乘佛學。
蔡元培：字孑民，曾任北大校長與中央研究院首任院長。
魯實先：文字學家，前復旦大學教授，來臺後任國立臺灣師範大學教授。
潘貫：前臺大化學系教授。
蔣公：故總統　蔣公，抗日期間曾兼國立中央大學校長。
盧孝侯：前臺大工學院院長，為　東美先生好友，交誼極深。
盧冀野：名詞曲家，為　吳瞿安先生之高足。
謝東閔：臺灣光復初期曾接待　東美先生來臺講學，曾任臺灣省政府主席、副總統。
羅卓英：曾任廣東省政府主席及戰區總司令。
羅家倫：字志希，前國立中央大學校長，為　東美先生好友，交誼極深。

國家圖書館出版品預行編目資料

堅白精舍詩集／方東美著. -- 修訂初版. --
臺北市：黎明文化, 民93
面：　公分. --（方東美全集）

ISBN 957-16-0695-2（精裝）

848.6　　93012766

圖書目錄：100018(94-20)

堅白精舍詩集

註冊商標

發行人◎　林國棟
作者◎　方東美
執行編輯◎　羅愛萍
設計指導◎　翁翁
美術編輯◎　不倒翁視覺創意工作室

出版者◎　黎明文化事業股份有限公司
行政院新聞局出版事業登記臺業字第二七八號
臺北市重慶南路一段49號3樓
電話：(02) 2382-0613
發行組◎　中和市中山路二段482巷19號
電話：(02) 2225-2240
郵政劃撥帳戶：0018061-5號
臺北分公司◎臺北市重慶南路一段49號
電話：(02) 2311-6829
郵政劃撥帳戶：1373264-3號
臺中分公司◎臺中市市府路39號
電話：(04) 2220-1736
郵政劃撥帳戶：0286500-1號
高雄分公司◎高雄市左營區南大路4號
電話：(07) 587-1322・587-1572
郵政劃撥帳戶：0044814-9號
公司網址◎　http://www.limingco.com.tw
總經銷◎　成信文化事業股份有限公司
中和市中山路二段366巷10號10樓
電話：(02) 2249-6108
印刷者◎　成陽印刷股份有限公司
出版日期◎　中華民國九十四年八月修訂出版
定價◎　新臺幣精裝550元

ISBN 957-16-0695-2